Uta Schedler

Roman Anton Boos

Dieser Band erscheint in der Reihe
»Schnell & Steiner Künstlerbibliothek«

Herausgegeben von
Prof. Dr. Bruno Bushart · *Malerei*
Dr. Gabriele Dischinger · *Architektur*
Dr. Peter Volk · *Plastik*

Uta Schedler

Roman Anton Boos

(1733–1810)

Bildhauer zwischen Rokoko und Klassizismus

Verlag Schnell & Steiner München · Zürich

Titelbild: Blick auf die Gartenfront von Schloß Nymphenburg; im Vordergrund Figur der Diana

Umschlag und Layout: Alfred Lahner, München
Druck: Erhardi Druck, Regensburg
Printed in Germany
ISBN 3-7954-0370-7

Inhalt

Vorwort

Roman Anton Boos war der führende Bildhauer Münchens im letzten Viertel des 18. Jahrhunderts, zu einer Zeit, in der auch in Bayern die Epoche der kirchlichen und weltlichen Gesamtkunstwerke des Rokoko zu Ende gegangen war. Im Jahr 1770 wurde durch kurfürstlichen Erlaß das ‚Schnörkelwerk' sogar verboten. ‚Edle Simplicität' lautete nun der Wahlspruch, so wie sie Johann Joachim Winckelmann in der Kunst der Antike verwirklicht sah. Es ist bezeichnend, daß in das gleiche Jahr auch die von Boos initiierte Gründung einer öffentlichen Zeichenschule in München fällt: Im Glauben an ihre innere Gesetzmäßigkeit war Kunst lernbar geworden.

Doch wie weit damals künstlerische Absicht und Ausführung auseinanderlagen, zeigt gerade das Werk von Boos. Selbst noch in der Werkstatt des ‚Vaters der bayerischen Rokoplastik'[1a], Johann Baptist Straub, ausgebildet und mit zahlreichen Aufgaben betraut, deren Grundidee noch in der vergangenen Epoche verankert war, trug Boos der neuen Kunstanschauung in erster Linie durch Abschwächung und Reduzierung bisher gültiger Gestaltungsprinzipien Rechnung. Doch diese Ansätze im Formalen und der in seinen Werken sichtbare Einfluß bürgerlicher Gesinnung sind bereits deutliche Anzeichen eines beginnenden Klassizismus, der von Boos' Schülern Franz Jakob Schwanthaler und vor allem Konrad Eberhard weiterentwickelt werden sollte.

Auf der Grundlage der 1936 erschienenen Arbeit von Ruth Johnen sollen in diesem Buch nicht nur Boos' Werk, sondern auch die Entwicklungsprozesse in jener Übergangszeit vom Rokoko zum Klassizismus vorgestellt werden.

Signatur am Grabmal des Aloys von Kreitmayr in Offenstetten (s. auch S. 97)

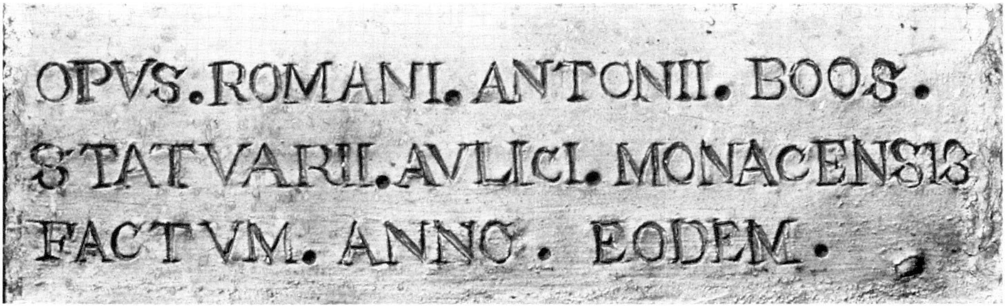

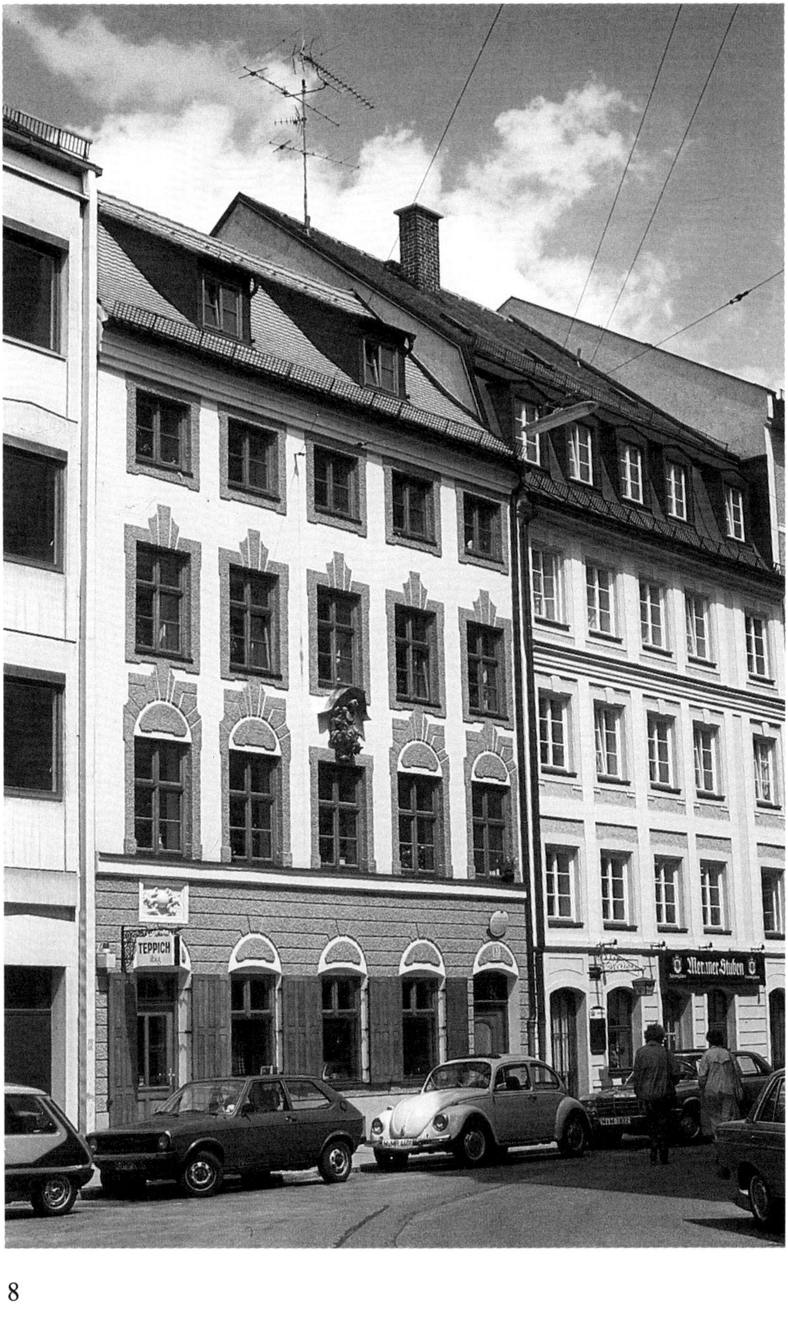

Das Haus Johann Bapt. Straubs in München

Biographie

Roman Anton Boos, der nach Lippert „schon in jungen Jahren Fähigkeiten zeigte, die zu gut waren, um ihn hinter dem Pfluge gehen zu lassen“ [1b], wurde am 28. Februar 1733 in dem kleinen, zur Pfarrei Roßhaupten gehörigen Ort Bischofswang als Sohn des Bauern Joseph Boos und dessen Ehefrau Katharina geboren. Der Vater erkannte die Begabung seines Sohnes und stimmte deshalb einer Lehre bei dem bekannten Bildhauer Anton Sturm im nahegelegenen Füssen zu, „damit er die Kunst lernete“.[2]

Danach folgte die für einen jungen Gesellen obligatorische Wanderschaft, deren einzelne Stationen und Dauer nicht mehr rekonstruiert werden können. Feststeht, daß Boos 1760 in die Werkstatt des damals führenden Münchener Bildhauers Johann Baptist Straub eintrat, der er – mit einigen Unterbrechungen – bis 1769 angehörte. Die Verbindung mit Straub riß bis zu dessen Tod im Jahre 1784 nicht ab: Am 12. Mai 1777 heiratete er Straubs 26jährige Tochter Maria Theresia Amalia und zog in das Haus des Schwiegervaters in der heutigen Hackenstraße Nr. 10, das nach dessen Tod in seinen Besitz überging. Hier kamen auch seine acht Kinder zur Welt, von denen vier jedoch schon in früher Jugend starben.

Im Jahr 1763 besuchte Boos den Unterricht für Bildhauer bei Jacob Schletterer an der Wiener Akademie, der maßgeblichen Ausbildungsstätte im Süden des Reiches, an der auch Ignaz Günther zehn Jahre zuvor studiert hatte. Zur selben Zeit hielt sich dort der ebenfalls aus dem Allgäu stammende Johann Martin Fischer (1741 – 1820) auf, der während der josefinischen Ära die zahlreichen Brunnenfiguren in Wien und die seiner Zeit bekannte, lebensgroße anatomische Figur des ‚Muskelmannes‘ schuf. Mit ihm fühlte sich Boos nach eigenen Worten jahrelang sowohl persönlich als auch künstlerisch verbunden. Nach Westenrieder und der Augsburger Kunstzeitung beendete Boos seine akademische Ausbildung an der Städtischen Akademie in Augsburg.

1765 kehrte er nach München zurück und reichte sofort ein Gesuch um Niederlassung ein. Ein Jahr später vollendete er seinen ersten bekannten Auftrag: die Stifterfiguren ‚Ludwig der Strenge‘ und ‚Ludwig der Bayer‘ für die Zisterzienserklosterkirche Fürstenfeld.

In das gleiche Jahr fällt auch die Gründung einer privaten Zeichenschule, die Kurfürst Max III. Joseph 1770 als „öffentliche Zeichenschule, resp. Maler und Bildhauer Academie zur Beförderung und Aufnahm der Künste“[3] einrichten ließ. Boos und die anderen Mitbegründer, der Maler Franz Ignaz Oefele und der Stukkator Franz Xaver Feichtmayr, beabsichtigten, mit Hilfe einer bayerischen Kunstschule das Kurfürstentum von fremden Akademien und ausländischen Künstlern unabhängig zu machen und es einer neuen, eigenständigen Kunst zuzuführen. Das Zeichnen und Modellieren sowohl nach antiken Gipsabgüssen und antikischen Stichvorlagen als auch nach dem lebenden Modell und der anatomischen Statue von Johann Martin Fischer sollten die Voraussetzungen bilden.

Der Durchbruch in der Residenzstadt München gelang Boos 1768 mit der plastischen Dekoration an der Kirchenfassade von St. Kajetan, mit der zuerst Ignaz Günther beauftragt war, der jedoch an der Steinbearbeitung scheiterte. Der Kurfürst fand offenbar Gefallen an dem längst fälligen Außenschmuck der Theatiner-Hofkirche, denn er verlieh Boos daraufhin den Hofschutz „in Anbetracht seiner erprobten Kunst in verschiedener großmühesam und gefährlicher Arbeit“[4], und um Boos, wie die Augsburger Kunstzeitung 1770 anführt, „mehr zur Ausübung seiner Kunst aufzumuntern und zugleich vor der Schikane in Sicherheit zu setzen“[5].

Als die Stadt München zur selben Zeit den Auftrag zu einer neuen Nepomuk-Statue für den Brunnen in der Neuhauser Gasse vergab, kam es zum offenen Wettbewerb zwischen Boos und den älteren, weitaus renommierteren Bildhauern Ignaz Günther und Charles de Grof, wobei Boos den Vorzug erhielt.

Die folgenden 15 Jahre, in denen Boos in erster Linie für den kurfürstlichen Hof arbeitete, waren die erfolgreichsten seiner Laufbahn. Von 1770–1772 schuf er vier nicht erhaltene mythologische Gruppen und einen ebenfalls verschollenen Flußgott für den Schleißheimer Schloßgarten. Ein Jahr später, am 23. Juli 1773, entschloß sich Max III. Joseph „aus höchst eigener Bewegnis dem Hofschutzverwandten Bildhauer Roman Anton Boos in Huldreichster Erwegung seiner besitzenden und mit verschiedenen Arbeiten erprobten vorzüglichen Geschicklichkeit, wie auch seiner bey Höchst dero Zeichnungsschule durch unentgeltliche Unterrichtung der Schüler sich erworbenen Verdienste die gnädigste Versicherung zu ertheilen, daß bey der ersten Vacatur er Boos mit 300 fl Gehalt als wirklicher Hofstatuarius angestellet werden, dagegen aber die Schüler in der Poussierkunst noch ferners unentgeltlich zu unterrichten seyn solle“[6]. Damit hatte der Kurfürst ihm und nicht Günther, der sich ebenfalls darum bemühte, die Stelle eines Hofbildhauers zugesichert.

Gleichzeitig schien Max III. Joseph die seit 1728 projektierte Statuenfolge antiker Götter für das Parterre des Nymphenburger Schloßgartens wieder in Angriff zu nehmen, denn am 28. August 1773 schickte er Boos nach Mareit bei Sterzing, um in dem dort jüngst entdeckten Marmorbruch 13 Blöcke für Nymphenburger Statuen brechen zu lassen. Die Aufträge zu den einzelnen Statuen waren bereits vergeben: Mit dem Salzburger Bildhauer Johann Baptist Hagenauer war die Ausführung der Statuen Apollo, Diana, Ceres und Bacchus vereinbart, mit Günther Mars, Pallas, Merkur und Venus, mit Straub Jupiter, Juno, Pluto und Proserpina und mit Charles de Grof die Statue der Amphitrite. Doch keiner der genannten Künstler sollte die Ausführung in Marmor erledigen: Im September 1774 starb Charles de Grof, und am 1. April 1775 wurde Boos auf kurfürstlichen Beschluß zum „würklichen churfürstlichen Hofstatuarius mit jährlichen 300 fl Gehalt, von des gewesten Hofstatuarii de Groff anfangend, gnädigst ernannt“[7]. Im gleichen Jahr verstarb auch Günther, und so übertrug das Hofbauamt dem neuen Hofbildhauer die Bearbeitung der Statuen, die von den beiden verstorbenen Künstlern hätten ausgeführt werden sollen. Hagenauer, der sich inzwischen in Wien niedergelassen und nach Schletterers Tod die Stelle als Lehrer der Bildhauer-Klasse an der dortigen Akademie übernommen hatte, war außer Reichweite des Münchener Hofes geraten, so daß man Boos auch die Aufträge Hagenauers zuwies. Bis 1785 schuf Boos neun Statuen für den Nymphenburger Zyklus, der erst 1792, nachdem Dominik Auličžek die restlichen Statuen von Pluto, Proserpina, Jupiter und Juno nach Modellen Straubs ausgeführt hatte, vollständig war.

Boos' Tätigkeit für Nymphenburg war damit noch nicht beendet. Von 1788 bis 1798 lieferte er zwölf Marmorvasen mit mythologischen Szenen, die im Gartenparterre zwischen den Statuen aufgestellt wurden. Aufgrund einer wachsenden finanziellen Bedrängnis hatte Boos selbst mehrmals um diese Auftragserteilung gebeten. Neben den umfangreichen Ar-

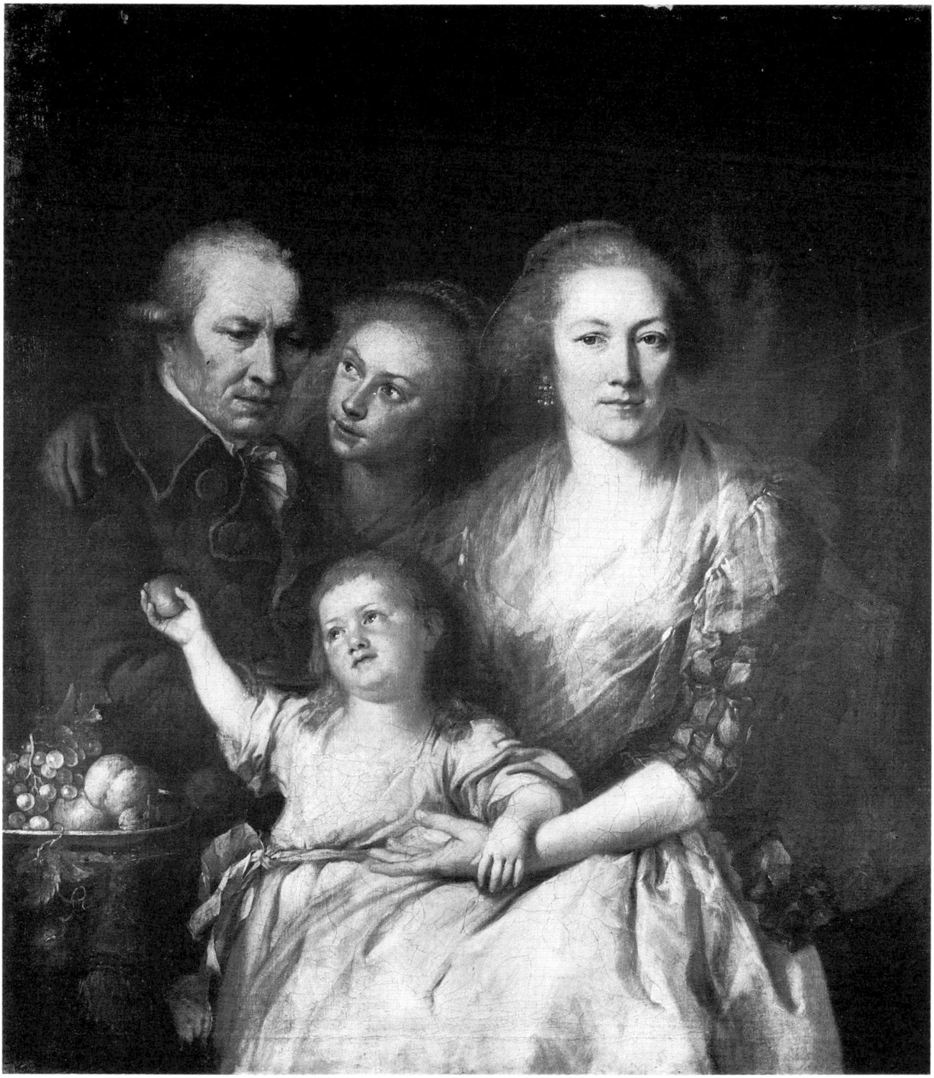

Josef Georg Edlinger, Familie des Bildhauers Roman Anton Boos, Öl auf Leinwand. München, Bayerisches Nationalmuseum

beiten für Nymphenburg stellen die 1781 vollendeten Taten des Herkules in überlebensgroßen Holzgruppen, die eine um 1630 von Kaspar Riedl geschaffene Folge in den Hofgarten-Arkaden der Münchener Residenz ersetzten, den zweiten großen und ehrenvollen Auftrag des kurfürstlichen Hofes dar.

Nach Günthers Tod und infolge der Altersgebrechlichkeit von Straub erhielt Boos nun auch von der Kirche mehrere Aufträge, ohne aber jemals den gleichen Erfolg wie die älteren Bildhauer ernten zu können. Selbst sein umfangreichstes und bedeutendstes sakrales Werk, die 1780 errichtete neue Kanzel in der Münchener Frauenkirche, von der heute nur mehr Einzelteile im Bayerischen Nationalmuseum erhalten sind, fand nicht die gleiche Anerkennung, die man seinen Nymphenburger Statuen zollte. Westenrieder erschien sie „als zu bunt, mit zuviel Zierat und überhaupt ohne Verhältnis und Verstand“[8].

An sakralen Werken für die Residenzstadt folgten 1783 die dekorativen Arbeiten für den Choraltar der St.-Johann-Nepomuk-Kirche und 1786 das Denkmal in Form zweier Tondi für die Bürgersaal-Kirche zur Erinnerung an den Münchener Aufenthalt von Papst Pius VI. im Jahr 1782. Die zehn Marienreliefs für den Hochaltar und die vier Reliefs mit Darstellungen aus dem Leben Christi für die Chorwand der Benediktiner-Klosterkirche Ettal schuf Boos 1788 und 1790. Von 1789 datieren die drei Puttenpaare als Personifikationen der göttlichen Tugenden und eine Liegefigur des hl. Franz Xaver in der Klosterkirche Benediktbeuern. Aus dem Jahr 1791 stammen die Kanzel und der Kruzifixus in der Pfarrkirche Hörgertshausen bei Moosburg. Den letzten kirchlichen Auftrag führte Boos 1796 aus: die vier Evangelisten in der Stiftskirche von Altötting.

Als führender Münchener Bildhauer zog Boos auch Schüler an sich, die ihn bei seinen zahlreichen Aufgaben unterstützten: Joseph Muxel begleitete ihn nach Mareit in den Marmorbruch und arbeitete 1780 an den Herkulesgruppen mit; 1784 wurde er selbst zum Hofbildhauer ernannt. Ignaz Alexander Breitenauer trat 1777 in die Werkstatt ein und half nach eigenen Worten mit „Feyer und Eifer“[9] bei der Ausführung der Nymphenburger Statuen von Bacchus, Ceres, Apoll und Diana; 1785 wurde Breitenauer als Hofbildhauer nach Eichstätt berufen. Im gleichen Jahr absolvierte auch Franz Jakob Schwanthaler eine kurze Lehrzeit bei Boos. Konrad Eberhard blieb sogar zehn Jahre, von 1796 bis 1806, in dessen Werkstatt, bevor er als Stipendiat des Hofbauamtes nach Rom aufbrach.

Die Zusammenarbeit läßt sich sicherlich nicht mit jener in Straubs Werkstatt vergleichen, in der Großaufträge, wie z. B. für Berg am Laim, Andechs oder Schäftlarn, nur mit Hilfe einer straffen Organisation und einer hierarchischen Arbeitsteilung bewältigt werden konnten. Die Zeit für derartige Projekte war ein für allemal vorbei. Es fällt auf, daß Boos z. B. keine einzige vollständige Altaranlage schuf. Mit Ausnahme der beiden Kanzeln stellen seine sakralen Arbeiten nur Teile von Kompositionen dar, die selbst nicht von ihm entworfen wurden.

Der allgemein herrschende Auftragsmangel brachte sogar den Hofbildhauer Boos in finanzielle Schwierigkeiten, und die auf zehn Jahre angesetzte Arbeit an den Vasen für den Nymphenburger Schloßpark verbesserte seine Lage nur gering. Der 1786 und 1799 eingebrachte Vorschlag des Hofbauamtes, die Inspektorenstelle im Antiquarium, die als letzter Giuseppe Volpini innehatte, für Boos wiedereinzurichten, lehnte Kurfürst Karl Theodor strikt ab und erlaubte statt dessen nur die einmalige „Ausbesserung und Beizung der im churfürstlichen Antiquario befindlichen und in sein Wissenschaftsfach einschlägigen Sta-

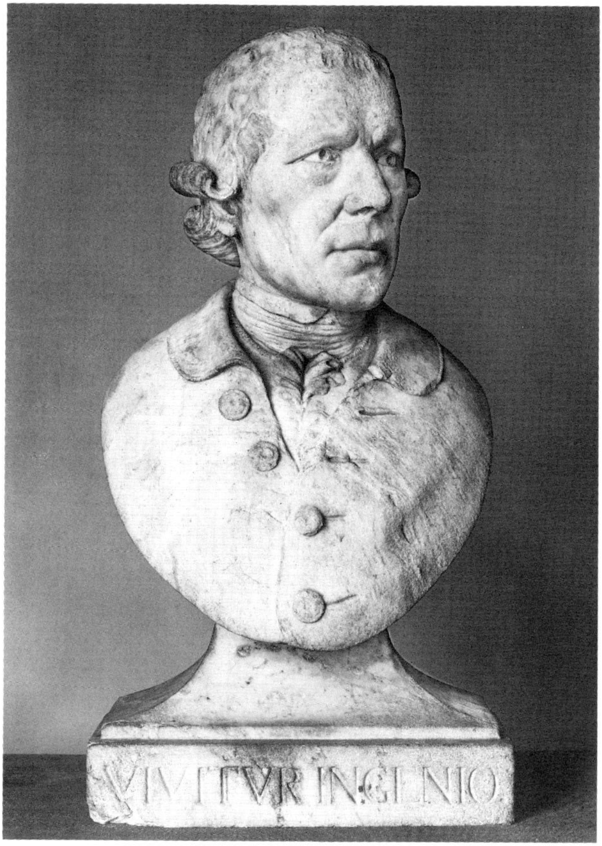

Marmor-Selbstbildnis, um 1790. München, Bayerisches Nationalmuseum

tuen“[10]. In Anbetracht seiner unbezahlten Tätigkeit an der Akademie zog das Hofbauamt 1792 in Erwägung, „daß Boos den in Mannheim und Düsseldorf angestellten Professoren in der Besoldung ad 800 fl gleichgestellt werden könne, um so mehr, als ihm die Kunststücke des Antiquario unentgeltlich übertragen werden könnten“[11]. Immerhin wurden ihm am 1. März 1793 200 Gulden ausbezahlt. Sein Vorschlag aus dem Jahr 1799, daß sich sowohl im Nymphenburger Schloßgarten als auch „in dem churfürstlichen Garten nächst dem Karlsthore, welcher nach neuem englischen Geschmack angelegt ward, so manches Schöne anbringen läßt“[12], fand jedoch weder beim Kurfürsten noch beim Hofbauamt Resonanz. 1802 bat er nochmals ohne Erfolg um Gehaltsverbesserung. Doch „sollte dieser geschickte und verdienstvolle Künstler bey seinem hohen Alter . . . durch besondere Arbeitsbeschaffung, wie es unter der vorigen Regierung [Karl Theodor] geschah, unterstützt werden“[13]. Ein eigens dafür eingerichteter Fonds von 600 Gulden sollte für eine von

Galeriedirektor Christian von Mannlich zu bestimmende Arbeit „an einem öffentlichen Hof- oder Staatsgebäude“[14] verwendet werden. Da aber die Summe für einen größeren Auftrag zu gering war, beschäftigte man Boos „auf eine dem Staat nützliche Art“[15] mit der Restaurierung der Herkules-Gruppen im Hofgarten, die er vor über 20 Jahren selbst geschaffen hatte.

Im Jahr 1805 winkte noch einmal die Chance eines öffentlichen Auftrags zu Figuren für zwei Brunnen, die auf dem neuen Platz am ehemaligen Kapuzinergraben errichtet werden sollten. Sowohl Boos als auch sein ehemaliger Schüler Joseph Muxel reichten Skizzen ein, die Oberbaudirektor Andreas Gärtner zwar „schön und in einem Pracht-Still“ entworfen fand, doch deutet diese Beurteilung bereits an, daß keiner der beiden Entwürfe für eine Ausführung zur Debatte stand. Statt dessen plädierte Gärtner für einen einfachen Obelisken, der „sich besser dahin schicken würde“[16] und außerdem billiger wäre. Dies bedeutete das Ende der künstlerischen Laufbahn des inzwischen 72jährigen Hofbildhauers Roman Anton Boos, der wenig später noch eine weitere Niederlage hinnehmen mußte: Zum Direktor des Antikensaales wurde Peter Lamine aus Mannheim ernannt, der ihn am 10. April 1806 auch als Leiter der Bildhauer-Klasse an der Akademie verdrängte. Bei der Neugestaltung der Akademie im Jahr 1808 stand seine Mitarbeit nicht einmal mehr zur Diskussion.

Am 19. Dezember 1810 starb Boos im Alter von 77 Jahren. Der einzige noch lebende Sohn, Joseph, hatte die militärische Laufbahn eingeschlagen und war zum Zeitpunkt der Testamentseröffnung am 27. Dezember 1810 königlicher Oberleutnant. Die ältere Tochter Crescentia hatte den Kaufmann Schiechtl geheiratet, und die ledige Tochter Maria Anna war der Vormundschaft seines ehemaligen Schülers Franz Jakob Schwanthaler anvertraut worden. Am 10. Mai 1816 starb seine Gemahlin Theresia Amalia Boos. Die gemeinsame Grabstätte des Ehepaares befindet sich auf dem Südlichen Friedhof in München und ist neben jener von Straub in die Außenwand der Stephanskirche eingelassen.

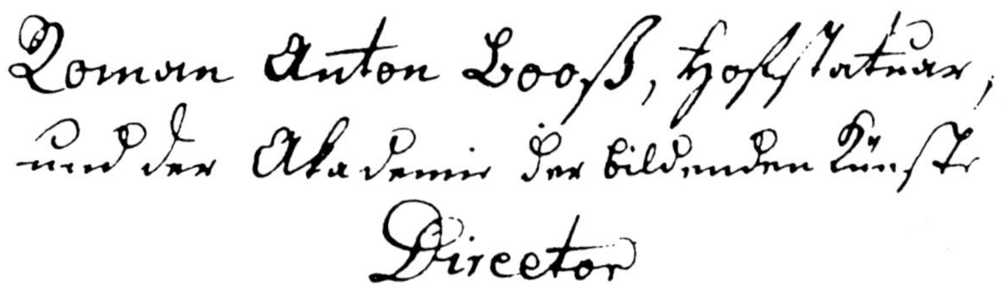

Die Stifterfiguren in der Klosterkirche Fürstenfeld

Im Jahr 1763 feierte das Kloster Fürstenfeld sein 500jähriges Bestehen. Dies war vermutlich der Anlaß, Boos den Auftrag für die Stifterfiguren ‚Ludwig der Strenge' und ‚Ludwig der Bayer' zu erteilen.

Der Wittelsbacher Herzog Ludwig II. gründete Fürstenfeld als Buße für die Schuld am Tod seiner Gemahlin Maria von Brabant, die er wegen des falschen Verdachts der Untreue hatte enthaupten lassen. Diese Tat hatte ihm den Beinamen ‚der Strenge' beigebracht. Im August 1263 berief Ludwig Zisterziensermönche aus dem niederbayerischen Kloster Aldersbach, die sich an der Stelle der heutigen Klosteranlage niederließen und dem Ort, in Erinnerung an den Stifter, den Namen ‚Fürstenfeld' gaben.

Der Sohn des Stifters, der spätere Kaiser Ludwig der Bayer, förderte das Kloster mit zahlreichen Stiftungen und Privilegien, nachdem es 1322 vor der Schlacht von Mühldorf zu seinen Gunsten eingegriffen hatte: Die Mönche hatten die Kundschafter des Habsburgers Leopold mit sanfter Gewalt festgehalten und so die Verbindung seines Heeres mit dem seines Bruders Friedrich des Schönen, der dem Wittelsbacher die deutsche Königskrone streitig machte, verhindert. Als Ludwig 1347 in Puch nahe Fürstenfeld starb, bestattete man sein Herz im Grab seines Vaters in der frühgotischen Klosterkirche. Fürstenfeld hatte damit den Rang eines wittelsbachischen Haus- und Grabklosters inne, wodurch es in enger Verbindung mit der bayerischen Krone blieb.

Die monumentalen Figuren präsentieren sich an exponierter Stelle seitlich des Chorbogens und verweisen dadurch mit Nachdruck auf die Geschichte und Bedeutung des Klosters. Beide Fürsten tragen weißgefaßte Prunkharnische. Die Ränder der einzelnen Rüstungsteile sowie die Würdezeichen Reichskrone, Helm, Orden und Schärpen sind vergoldet. Die an der Innenseite mit Pelz besetzten Mäntel fallen in schweren Falten herab. *Ludwig der Strenge* rafft den seinen mit der linken Hand, die er dabei gebieterisch in die Hüfte stemmt, als wolle er seinem Beinamen ‚der Strenge' gerecht werden. Zu seinen Füßen entrollt ein Putto die Grundrißzeichnung der Klosterkirche als Hinweis auf die Gründung.

Der Putto bei *Ludwig dem Bayern* hält den Reichsapfel, Zeichen der weltlichen Macht. Der fest auf ein Ziel gerichtete Blick des Kaisers scheint der weit ausholenden Bewegung seines rechten Armes mit dem Szepter vorauszueilen, so als stünde er als Heerführer im Begriff, seinen Truppen im richtigen Augenblick das Angriffssignal in der Schlacht zu geben. Durch diese Gebärde bauscht sich der Mantel auf der rechten Seite zu einer großen Ohrenfalte.

Ludwig der Strenge erinnert in Haltung und Bewegung an Joseph I. und Ludwig der Bayer an Albrecht I., beide aus dem Zyklus der 16 habsburgischen Kaiserfiguren im Kaisersaal von Ottobeuren, die Boos' erster Lehrer, Anton Sturm, von 1725 bis 1727 ausgeführt hatte. Auch die Standorte ähneln einander, denn sowohl die paarweise angeordneten Kaiserfiguren in Ottobeuren als auch die beiden Stifterfiguren in Fürstenfeld stehen auf etwa

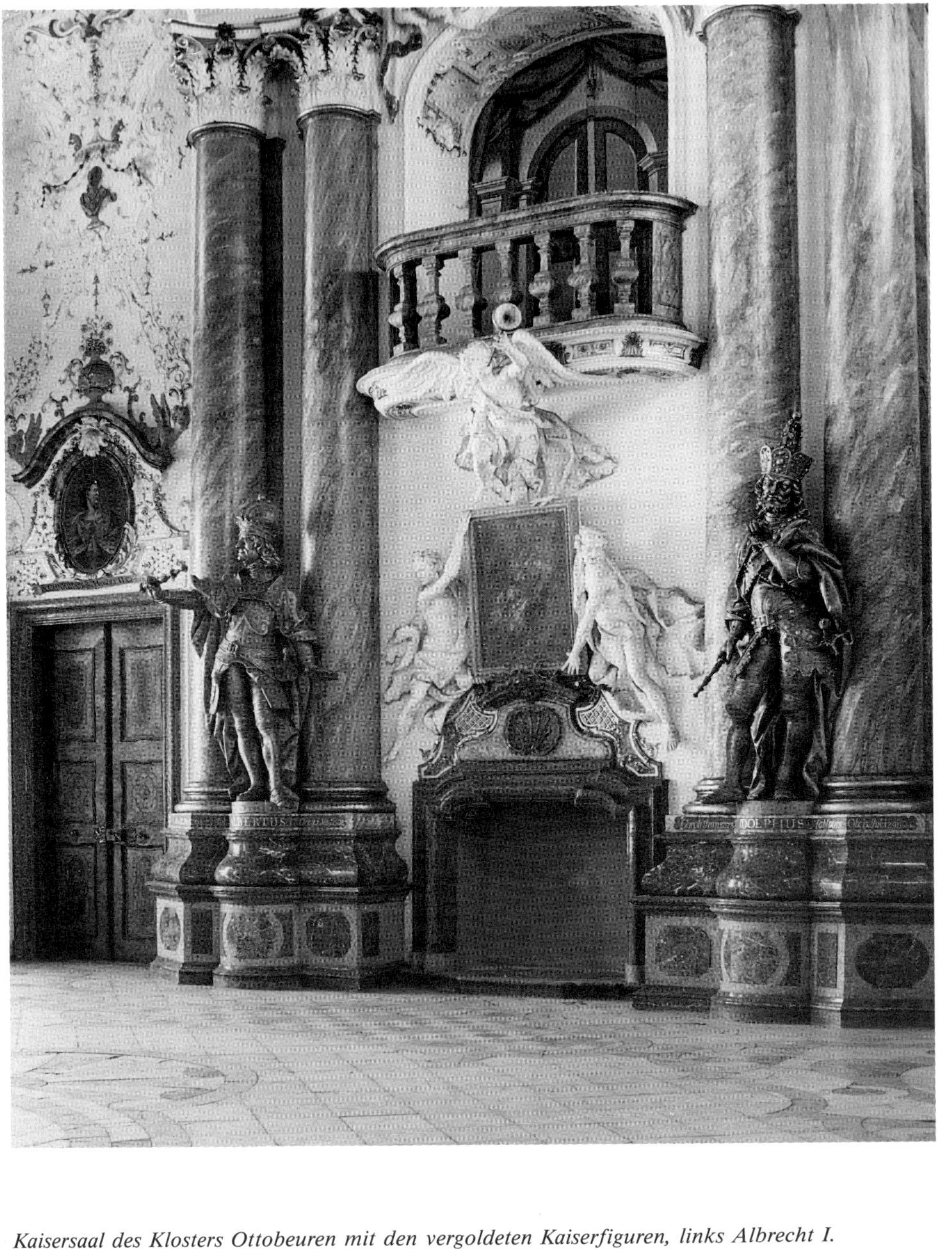

Kaisersaal des Klosters Ottobeuren mit den vergoldeten Kaiserfiguren, links Albrecht I.

gleich hohen Sockeln zwischen einem marmorierten Säulenpaar, das aus der Wandflucht heraustritt. Läßt sich die Verwandtschaft im Formalen nicht verleugnen, so differiert dagegen die künstlerische Umsetzung in einigen gravierenden Punkten. Da die Kaiserfiguren einerseits dicht an die Säulen herangerückt, andererseits aber eindeutig vor ihnen postiert sind, können sie nicht nur die architektonische Rhythmisierung aufnehmen und betonen, sondern auch in den Raum agieren. Sturm ermöglichte dadurch mehrere Betrachterstandpunkte. Die einansichtig konzipierten Fürstenfelder Figuren dagegen schließen in einer Ebene mit den Säulen ab, die ihnen zudem mehr Platz lassen und sie zusammen mit den rückwärtigen, ebenfalls marmorierten Wandgliederungen nischenartig umgeben.

Dieser Rückzug aus der Sphäre des Betrachters macht sich noch unter einem anderen Gesichtspunkt bemerkbar: Bei Ludwig dem Strengen und Ludwig dem Bayern fällt eine gewisse Steifheit in der Haltung auf, die durch die schlankere Proportionierung der Körper im Vergleich zu den Kaiserfiguren mit ihren zu groß geratenen Köpfen noch betont wird. Auch die vergoldeten Ottobeurer Kaiserfiguren tragen zeitgenössische Prunkharnische, die sie jedoch in ihren theatralischen Bewegungen kaum zu behindern scheinen. Boos wollte wohl den sehr reduzierten Bewegungsmöglichkeiten in einer Rüstung Rechnung tragen. Einen tieferen Sinn erhielte eine solche, zu historischer Stimmigkeit neigende Darstellungsweise, wenn man davon ausgeht, daß es Boos weniger um die jeweiligen Herrscherpersön-

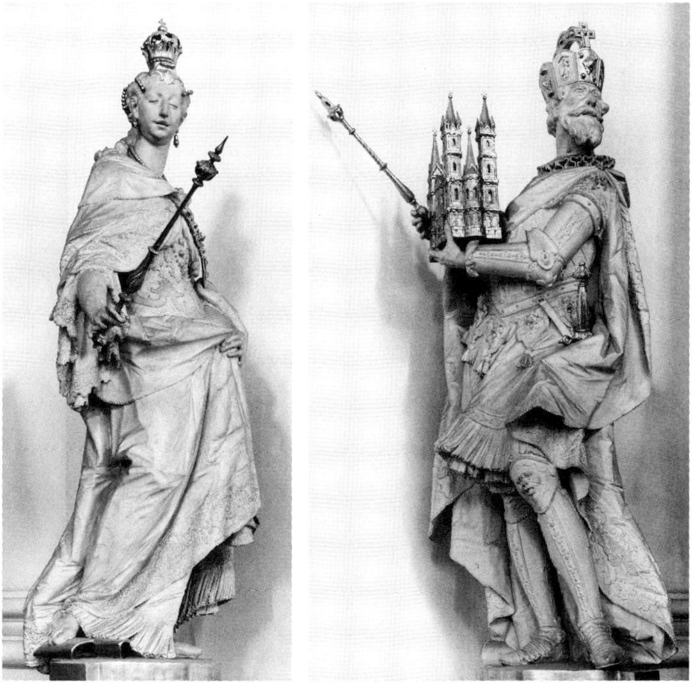

Ignaz Günther, Kaiserpaar am Hochaltar der Pfarrkirche Rott am Inn, 1762

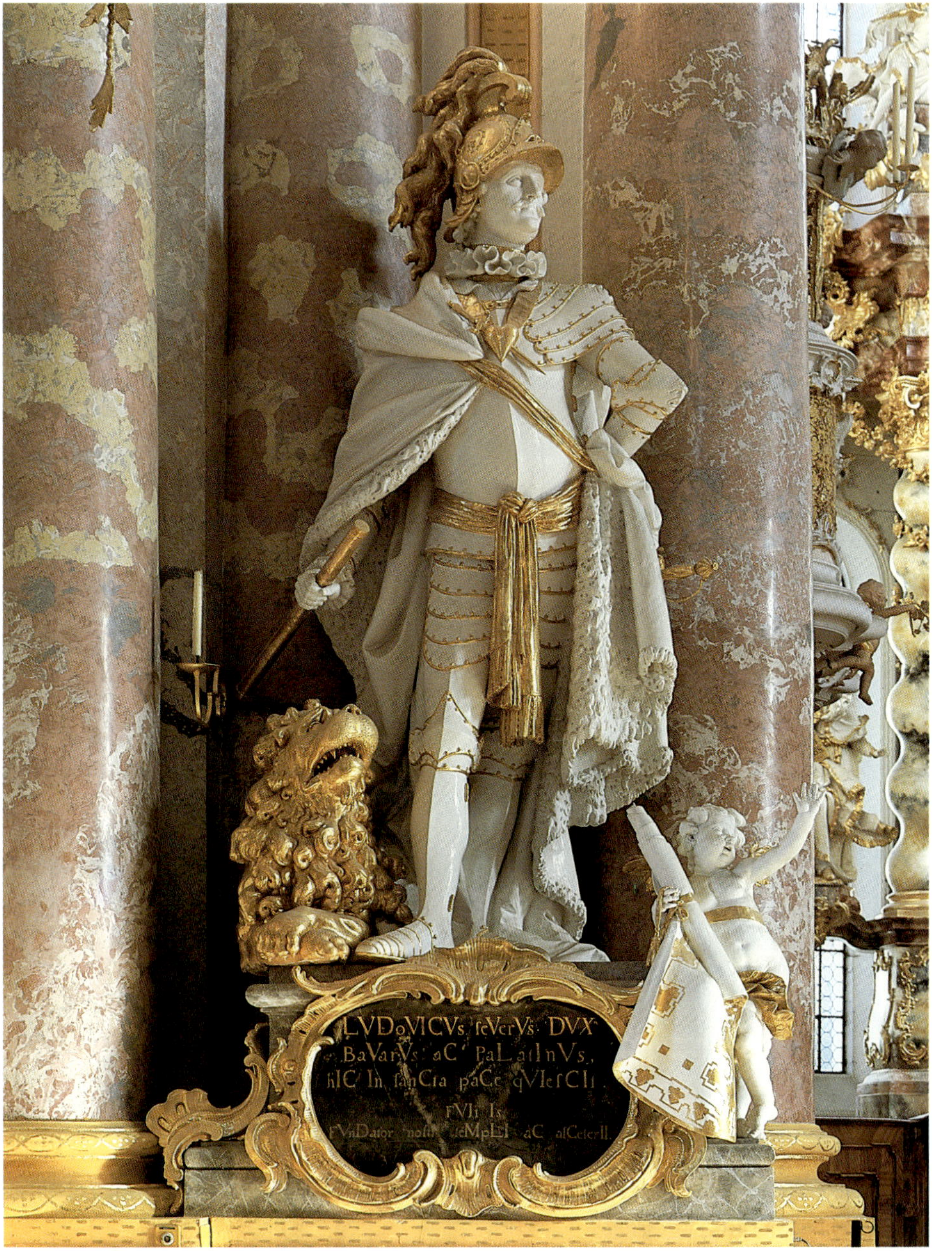
LVDoVICVs ſeVerVs DVX
BaVarVs aC PaLatInVs,
hIC In ſanCta paCe qVIeſCIt.
FVIt Is
FVnDator nostrI teMpLI aC asCeterII.

◁ *Ludwig der Strenge, Klosterkirche Fürstenfeld*

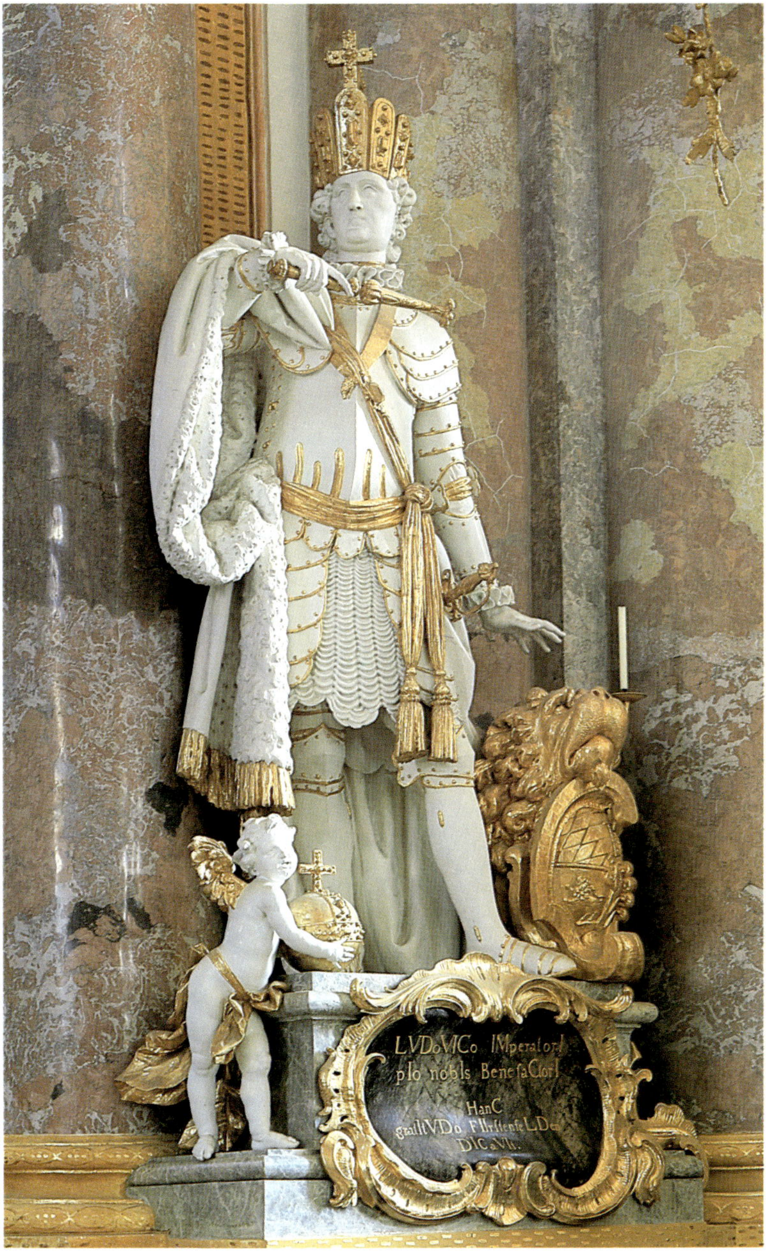

Ludwig der Bayer, Klosterkirche Fürstenfeld

lichkeiten ging als vielmehr um die durch diese und ihre spätmittelalterlichen Rüstungen repräsentierte Zeit der Gründung und des Aufbaus des Klosters, um historische Legitimation also.

Diese These gewinnt durch weitere Vergleiche noch an Bedeutung. Ein äußeres Zeichen der Verherrlichung der Ottobeurer Kaiserbildnisse ist ihre vollständige Vergoldung, die bei den Fürstenfelder Figuren nur an den sozusagen ewig gültigen Machtinsignien Szepter, Reichskrone, Helm, Reichsapfel etc. und nicht an den Herrschern selbst auftritt. Diese Art der Weiß-Gold-Fassung bildete in der Entstehungszeit der Statuen und bei dem Thema ‚Stifterbildnis' keine Ausnahme. Ignaz Günther ließ sie z. B. an den Stifterfiguren Kaiser Heinrichs II. und seiner Gemahlin Kunigunde in Rott am Inn (1762) anbringen, wobei es ihm aber weniger darum ging, polierten weißen Marmor vorzutäuschen, wie es bei weißgefaßten Barockfiguren meist der Fall ist, als vielmehr eine eigene ästhetische Wirklichkeit entstehen zu lassen.

Von diesem charakteristischen Phänomen des Rokoko, das Günther in Vollendung beherrschte, ist bei den Fürstenfelder Stifterfiguren nicht mehr viel zu verspüren. In ihrer altertümlichen Aufmachung scheinen sie vor allem Assoziationen an die Entstehungszeit des Klosters wecken zu wollen, ohne an eine nur ästhetische Betrachtungsweise zu appellieren.

Die im letzten Drittel des 18. Jahrhunderts immer häufiger zu beobachtende Absicht, das dem jeweiligen Thema entsprechende historische Ambiente herzustellen, setzte voraus, daß bereits bei der Invention, d. h. bei der Erfindung eines Kunstwerks, von Anfang an darauf Rücksicht genommen werden mußte. Das bedeutete wiederum, daß Vorbilder eine weitaus größere Rolle als zuvor spielten. Antike Götterstatuen z. B. konnten nun nicht mehr im barocken Habitus auftreten, sondern nur so, wie es die antike Kunst – zum künstlerischen Maßstab schlechthin erhoben – vorgab. Für Boos gab das antike Schönheitsideal nicht nur den Ausschlag zu seiner Akademiegründung, er versuchte auch seine Werke danach auszurichten.

Boos' Tätigkeit für Kloster Fürstenfeld war mit den beiden Stifterfiguren und einem *Marmorputto mit Delphin* für einen Brunnen im Klostergarten (ebenfalls 1766) noch nicht abgeschlossen. 1797 errichtete er im Auftrag des Abtes Gerhard Führer in *Puch* bei Fürstenfeld einen *Obelisken* mit dem bayerischen Wappen und einem Bildnisrelief Ludwigs des Bayern. Der Anlaß war wiederum eine Gedenkfeier. An dieser Stelle soll der Kaiser, vor damals 450 Jahren, gestorben sein.

Der Durchbruch in der Residenzstadt München

Die plastische Dekoration der Kirchenfassade von St. Kajetan

Die Theatiner-Hofkirche St. Kajetan in München verdankt ihre Entstehung einem Versprechen der Kurfürstin Henriette Adelaide, das sie für die Geburt eines Thronfolgers gelobte. Bald nachdem Max Emanuel geboren war, begannen im Jahr 1663 die Bauarbeiten an der Kirche, die jedoch erst 1768 durch den Ausbau der Fassade nach dem Entwurf von François Cuvilliés d. Ä. vollendet wurden.

Cuvilliés griff dabei auf Henrico Zuccallis Plan (um 1678) zurück, dessen bis dahin gediehene Ausführung mit den Flankentürmen und den Maßverhältnissen und Öffnungen der im Rohbau stehenden Eingangswand ohnehin schon das Grundkonzept vorgab. Die Abänderungen, die Cuvilliés vornahm, fallen deshalb zunächst kaum ins Gewicht, für die Gesamtwirkung spielen sie jedoch eine entscheidende Rolle und determinieren unmißverständlich die Zugehörigkeit der Fassade in die zweite Hälfte des 18. Jahrhunderts: Durch den Verzicht auf die Voluten in der Giebelzone erreichte Cuvilliés eine stärkere Vertikalisierung und gleichzeitig eine Betonung des Mittelrisalits, der zudem in seiner Bedeutung durch die eingetiefte Portalzone noch aufgewertet wird. Der wichtigste Unterschied zu Zuccallis Plan besteht jedoch in der Zurücknahme des plastischen Moments, und zwar in zweierlei Hinsicht: zum einen durch die sehr flächige Wandgliederung und zum anderen durch die reduzierte plastische Dekoration. Während Zuccalli acht überlebensgroße Statuen vorgesehen hatte, begnügte sich Cuvilliés mit vier Nischenfiguren. Die geplanten sechs Medaillons beschränkte er auf zwei und schlug statt dessen Reliefs vor, die er nun nicht der Wand aufblendete, wie es Zuccalli getan hätte, sondern in sie eintiefte.

Rechts vom Portal steht der Titelheilige der Kirche, seit 1672 auch Patron des Kurstaates Bayern, St. Kajetan, und links Maximilian, der Namenspatron des langersehnten Thronfolgers Max Emanuel und seines Enkels, Max III. Joseph, der die Fassade vollenden ließ. Im Obergeschoß folgen die Hll. Adelheid und Ferdinand, die Namenspatrone der Kirchenstifter Henriette Adelaide und Ferdinand Maria. Das Giebelfeld durchbricht ein großes Allianzwappen Max III. Josephs und seiner Gemahlin Maria Anna, einer Tochter des sächsischen Kurfürsten Friedrich August II. Die acht Flammenvasen aus Stein mit vier Puttenköpfen an jeder Schale stehen paarweise auf dem Giebel und auf der Attika zwischen Türmen und Mittelrisalit. Der übrige plastische Schmuck wurde in Stuck angefertigt und gelb – wie die Fassade – übertüncht: Über den Figurennischen sind Puttenreliefs angebracht, an der Hauptgebälkzone Trophäen und weitere Puttenreliefs. Die Wandflächen oberhalb der Seitenportale schmücken Relieftondi mit den Halbfiguren der Apostel Petrus und Paulus.

Für die Ausführung der Plastik aus ‚Kehlheimer Stein' war zunächst Ignaz Günther vorgesehen, der bald nach Baubeginn der Fassade, im Herbst 1765, eine rege Entwurfstätigkeit in einer eigens vor seinem Haus errichteten Hütte entwickelte, gegen die seine Nachbarn am 17. Juli 1766 vergeblich Beschwerde einlegten[17]. Im Oktober 1766 wurde das Material

Die Fassade der Theatinerkirche in München ▷

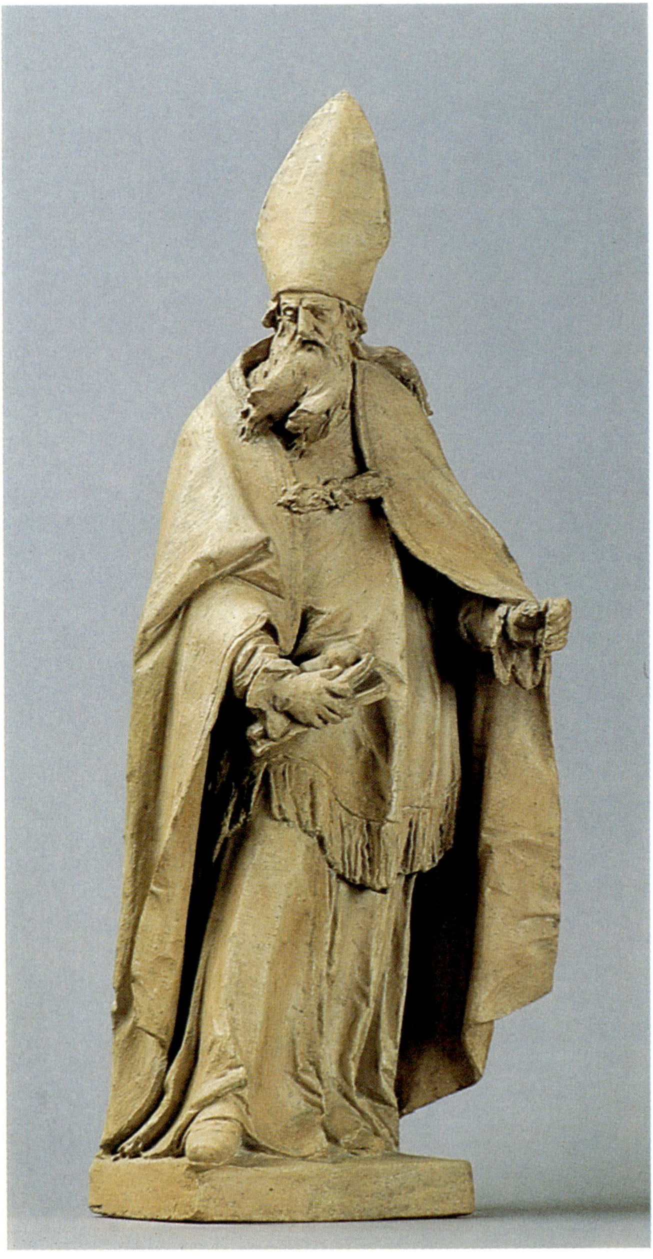

Hl. Maximilian
Terrakotta-Modell.
München, Bayerisches Nationalmuseum

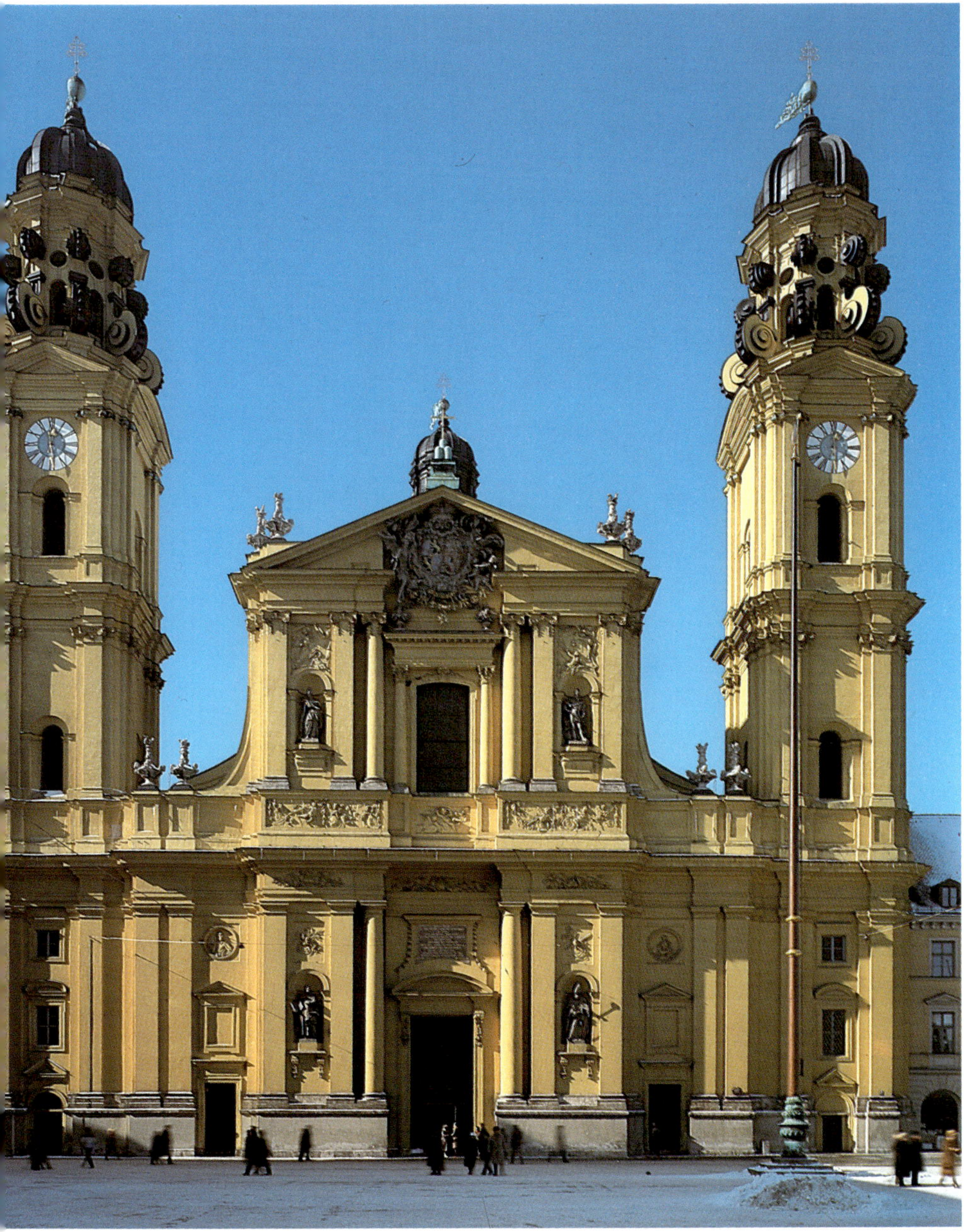

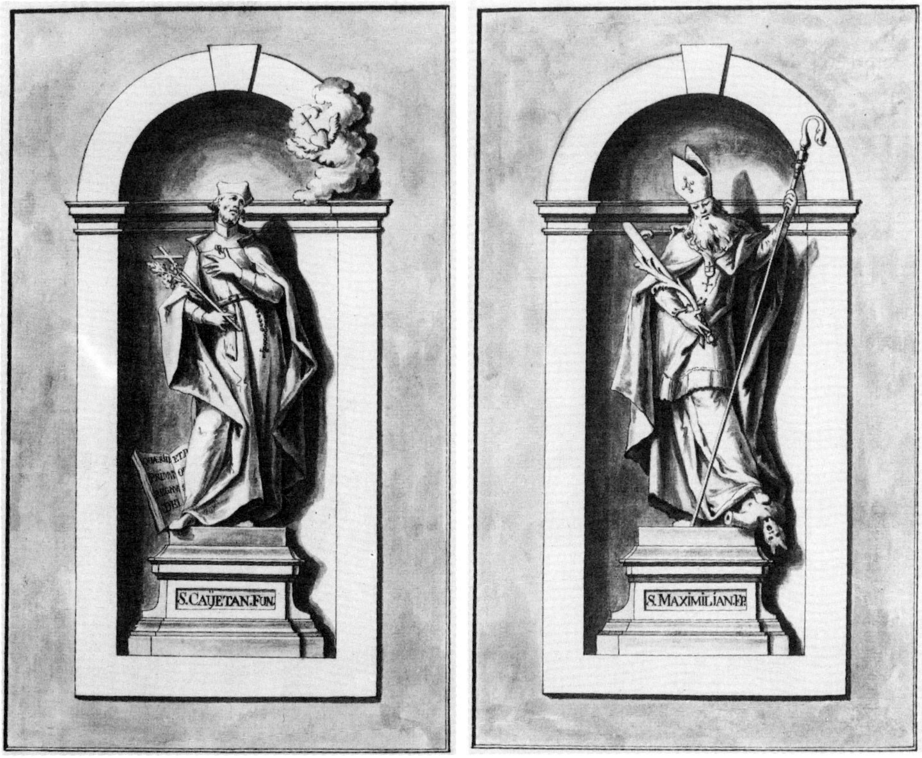

Joseph Häringer, Nachzeichnungen der Entwürfe Ignaz Günthers für die vier Heiligenstatuen der Theatinerkirche, Feder in Braun, Braun laviert. München, Staatliche Graphische Sammlung

in Kehlheim angefordert. Die vom 11. Februar 1767 datierte Aufstellung des gesamten Skulpturenschmuckes nebst Kostenplan kann sich also nicht auf die Fertigstellung beziehen, die Günther innerhalb dieses nur vier Monate dauernden Zeitraums unmöglich hätte bewältigen können[18]. Es scheint sogar, daß Günther mit der Ausführung in Stein noch nicht einmal begonnen hatte, da am 29. September 1767 ein neuer Vertrag mit Roman Anton Boos abgeschlossen wurde, der die Arbeiten bis Ende 1768 durchführte. Offenbar hatte auch das Interesse an Günthers Entwürfen nachgelassen, denn in einem Gesuch des Kehlheimer Steinmetzmeisters Johannes Marx vom 8. Juli 1768 um Restbezahlung heißt es, daß die Blöcke für vier Figuren hätten stärker sein müssen, als es zuerst errechnet worden sei „weillen es bey den alten Mustern [d.h. bei Günthers Entwürfen] nit darbey geblieben". Auch das Ausbossieren der Blöcke hätte mehr Arbeit beansprucht, „weil . . . die Statuen größer seind worden" [19].

Der Grund für den Auftragsentzug liegt vermutlich darin, daß Günther die Technik der

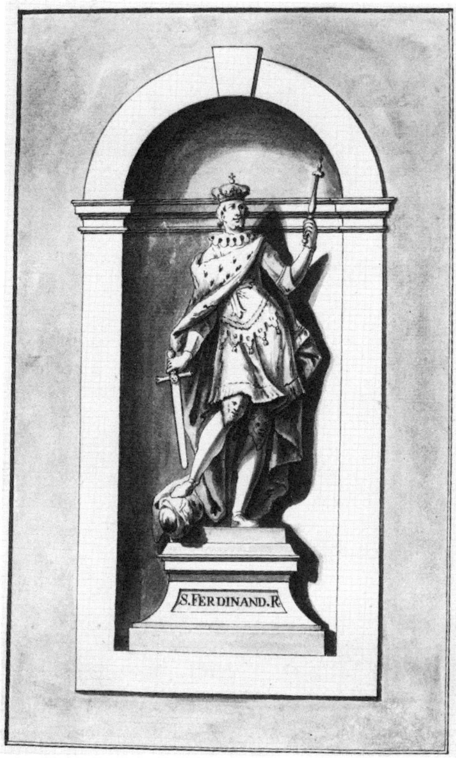

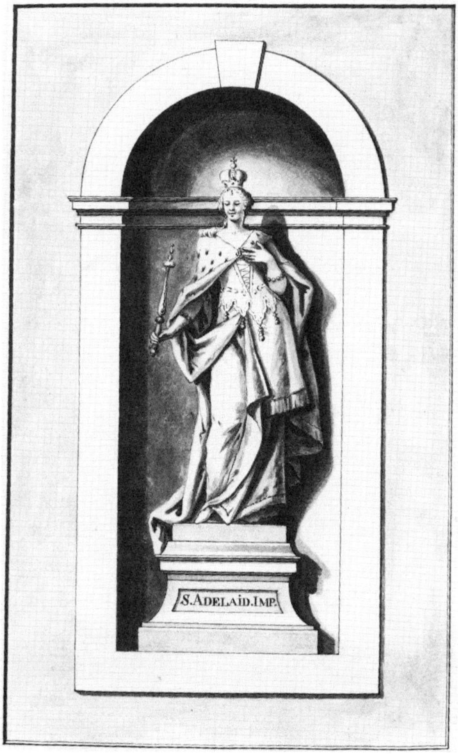

Von links nach rechts: hl. Kajetan, hl. Maximilian, hl. Ferdinand, hl. Adelheid

Steinbearbeitung, die sich von der stark oberflächenorientierten Holztechnik grundsätzlich unterscheidet, wenig, wahrscheinlich sogar überhaupt nicht beherrschte. Bei zwei weiteren Steinarbeiten, der Brunnenfigur des Hl. Nepomuk und vier Gartenstatuen für Nymphenburg, mußte er die Ausführung ebenfalls Boos überlassen.

Günthers Entwürfe für die vier Heiligenstatuen der Theatinerkirche sind in Nachzeichnungen seines Mitarbeiters Joseph Häringer und in einem eigenhändigen Bozzetto für den Hl. Kajetan überliefert[20]. Der Unterschied zu den von Boos ausgeführten Steinfiguren dokumentiert den beginnenden Stilwandel.

Beim *Hl. Maximilian,* zu dem ein Terrakotta-Modell von Boos existiert, ist die Körperdrehung um die eigene Achse zugunsten einer stärkeren Frontalansichtigkit eingeschränkt. Der Mantel umschließt die Figur in ruhigem Umriß, der die Körperhaltung jedoch kaum berücksichtigt. Durch den Verzicht, Höhungen und Vertiefungen ausgeprägter zu kontrastieren, um dadurch an Licht- und Schattenwirkung zu gewinnen, erscheint der Heilige spannungslos, wenig durchmodelliert und sehr wuchtig. Die in der gesuchten Statuarik angelegte Würde und Monumentalität verliert dadurch spürbar an Wirkung. Der mit dem Bischofsstab ausgestattete Heilige trägt Pontifikalkleidung und hält in seiner Rechten die Heilige Schrift. Die Attribute auf dem Entwurf Günthers, Schwert und Märtyrerpalme, sind in dem hochrechteckigen Relief über der Figurennische wiedergegeben. Auf das gestürzte Götzenbild zu Füßen des gezeichneten Maximilian verzichtete Boos ganz.

Die Figur des *Hl. Kajetan* (Gründer des Theatinerordens) erhebt sich in nur wenig ausponderierter Haltung, den Blick nach oben gerichtet, in der Rechten die geöffnete Schrift, die Linke in einer Devotionsgeste zur Brust geführt. Das in voluminösen Falten drapierte linke Mantelende läßt sich aus der Körperhaltung nicht ableiten. Bei Günthers Hl. Kajetan dagegen entspricht der durch tiefe Falten geschwungene Mantel der ausgeprägten S-Linie des Körpers, die den Ausdruck der Ergebenheit des leicht geneigten Kopfes und der auf die Brust gelegten linken Hand noch unterstreicht; als Attribute hält er ein Kreuz, den Abtsstab und einen Lilienzweig; zu seinen Füßen liegt die aufgeschlagene Bibel mit der Inschrift: „Quaerite primum regnum Dei, et iustitiam eius." Die Fortsetzung dieses Spruches aus der Bergpredigt (Mt 6,33) schrieb Boos auf die Bibelseiten seiner Maximiliansfigur: „et

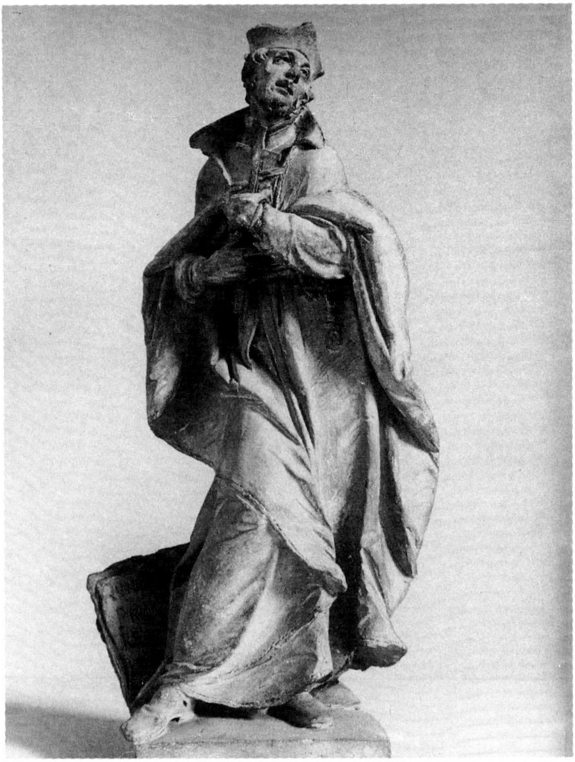

Ignaz Günther, Tonbozzetto zum hl. Kajetan an der Theatinerkirche. Dresden, Skulpturensammlung

haec omnia adiicientur vobis" – „Trachtet am ersten nach dem Reich Gottes und seiner Gerechtigkeit, und so wird euch solches alles zufallen". Das Füllhorn mit den Früchten und das Ährenbündel auf dem Relief über St. Kajetan dürfen hier wohl als Textillustration verstanden werden, wobei die Symbole für Fruchtbarkeit und Wohlergehen auf die Geburt des kurbayerischen Thronfolgers dank der Fürsprache des Heiligen hinweisen.

Eine gewisse Steifheit der Pose kennzeichnet auch die Hll. *Adelheid* und *Ferdinand,* obwohl bei ihnen die Abhängigkeit von den Entwürfen Günthers stärker zutage tritt. Die kontrapostische Haltung des mit Krone, Szepter und Schwert ausgestatteten Ferdinand kann den Kontrast zwischen be- und entlasteten Körperteilen nicht überzeugend vermitteln. Wiederum fällt der Mantel – wenn auch lockerer und beschwingter als bei Maximilian und Adelheid – von der Bewegung unabhängig den Körper herab. Aufgrund der abrupten Kopfdrehung und des strengen Zeigegestus der rechten Hand besitzt die Figur der hl. Adelheid nicht mehr den Grad höfischer Eleganz, der Günthers Entwurf noch zu eigen ist.

Die Bemerkung des Steinmetzen Marx, daß die ‚alten Muster' nicht mehr galten, bestätigt sich bei der Betrachtung der ausgeführten Figuren nur bedingt. Boos wich zwar – zum Teil erheblich – von den Zeichnungen ab, doch zahlreiche Details und bei den Hll. Maximilian, Ferdinand und Adelheid Nachklänge einer Bewegungsdynamik Güntherscher Prägung beweisen, wie sehr ihn dessen Entwürfe beeinflußt hatten. Jedoch weiß Boos für diese Abhängigkeit, in der Feulner den größten Reiz der Heiligenfiguren sah[21], einen ganz anderen Grund als künstlerische Faszination zu nennen. In einem Brief an den Geheimen Rat Johann Kaspar von Lippert aus dem Jahr 1773 verweist er darauf, daß der Stein eine völlig andere Bearbeitungstechnik voraussetze als das Holz. Würde dies zu wenig berücksichtigt, „so gett es noch ein Mahl, wie es dem Ginder [= Günther] schon 2 Mahl gegangen an der Theadiner Kirch und Johannes auff dem brunn den in der stad [= vor dem Jesuitenkolleg]. Warum kombt man zu mir, guett machen, was andere verdarben. So ists mir gangen bey der Theadiner Kirch und an der stattuen des Johannes. Wan andere die Stein verstimbleten, hat man mich beruffen und hinder rugs wollen sie mich vertrubben [= vertreiben] wie es mir öffter schon gegangen. Es ist mir wohl bewußt, daß man mich in München nit aufkommen lassen wil . . . Der Ginder [= Günther] ist brott und Kunst neidig . . . Endlich bringt man mich um hult und Gnadt bey dem gnedigsten Landes Herren . . . Hernach wird es balt aufkommen wer etwas oder nix kan. Nach keines andteren Model arbeid ich nimmer. An der Theadiner Kirchen arbeid hat man mich auch an die Model gebunden von ein Holzbilthauer [= an die Entwürfe Günthers]. Ich siche vorhin [= sehe vorher]: die Bilthauer in München werden nit mer lang groß thun, wan die steiner [= die Marmorblöcke aus Mareit bei Sterzing für Nymphenburger Gartenstatuen] ankommen. Es ist wahrhaftig kein Linden [= Lindenholz], aber steinhardter stein"[22].

An den ausgeführten Steinfiguren läßt sich nachweisen, daß der leitende Baumeister der Fassade von St. Kajetan, François Cuvilliés d. Ä., an den Grundgedanken der Entwürfe Günthers festhielt. Die nähere Betrachtung der vier Zeichnungen ergibt auch, daß sie tatsächlich für eine Ausführung in Holz gedacht waren. Nachvollziehbar wird dies an Günthers Herrscherbildnisse in Rott am Inn und Mallersdorf, die erahnen lassen, wie sich Günther die Hll. Adelheid und Ferdinand vorgestellt haben dürfte.

Boos' heftige Klagen über die Einschränkung seiner künstlerischen Freiheit erscheint also durchaus gerechtfertigt. Zudem entsprachen die charakteristischen Merkmale der

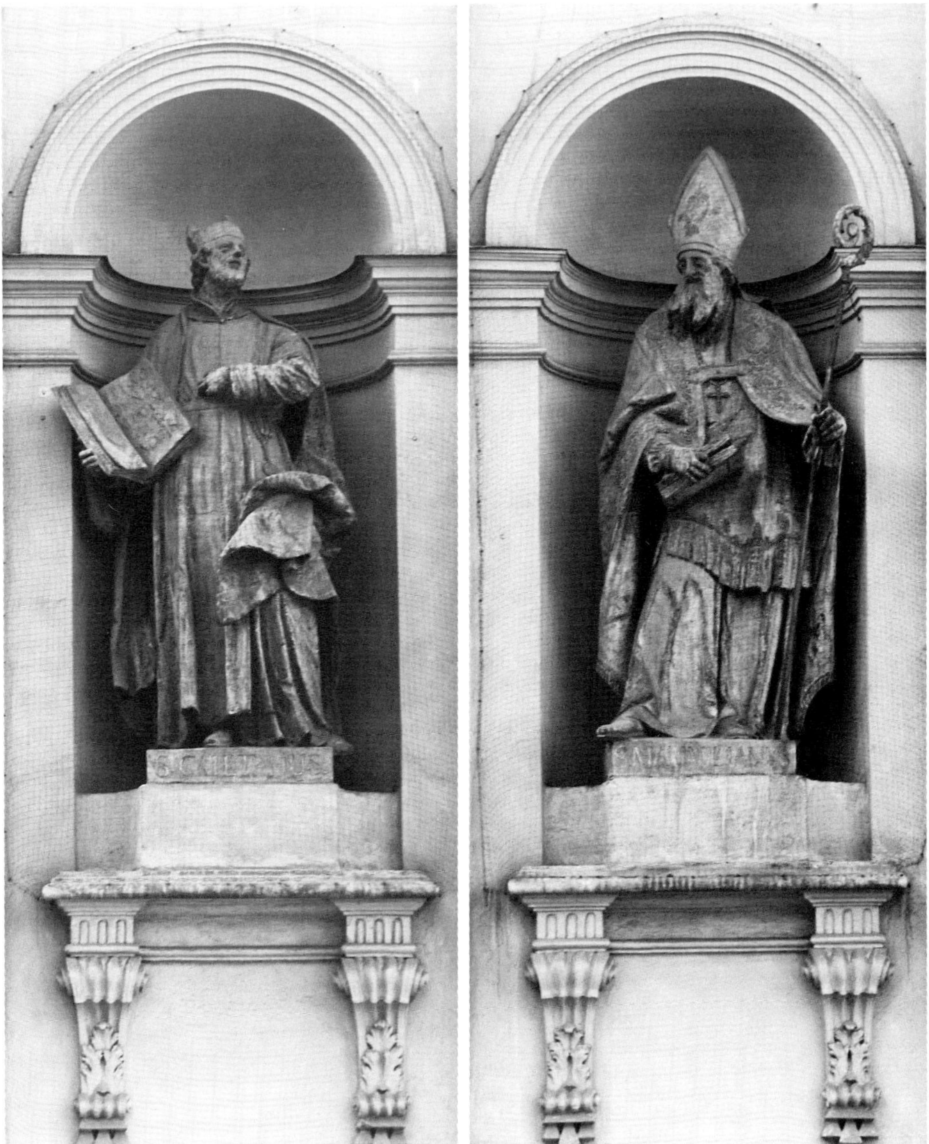

Steinfiguren an der Fassade der Theatinerkirche: links hl. Kajetan, rechts hl. Maximilian

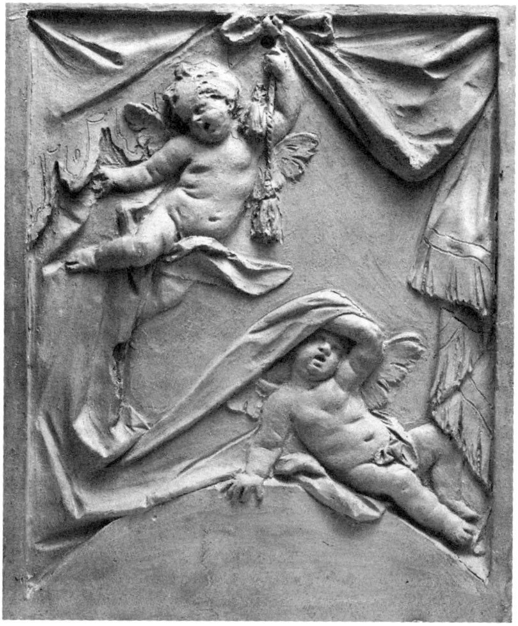

Terrakotta-Modell einer Fassaden-dekoration der Theatinerkirche. Joh. Bapt. Straub zugeschrieben. München, Bayerisches Nationalmuseum

Werke Günthers, die subtile Oberflächengestaltung, die tiefen Aushöhlungen der mit der Bewegung korrespondierenden Draperie und die prononcierte S-Linie der überlängten Körper nicht mehr dem auf klassischere Formen ausgerichteten Geschmack. Boos vereinfachte die Entwürfe Günthers der Zeit entsprechend und wohl auch im Sinne Cuvilliés, veränderte sie gleichzeitig, behielt jedoch im wesentlichen die ursprüngliche Idee bei und mußte dies anscheinend auch. Ein Blick auf die restlichen Sakralfiguren von Boos zeigt, daß der stilistische Einfluß Günthers nie mehr so augenfällig wird wie bei den vier Nischenfiguren der Fassade von St. Kajetan.

Die übrige von Boos ausgeführte Dekoration der Fassade läßt den Einfluß eines weiteren Künstlers erkennen. Für die beiden *Hochreliefs* über den Hll. Adelheid und Ferdinand mit den jeweils zwei Putten, die soeben einen Vorhang zurückgerafft haben, um die Gesetzestafeln, bzw. den Kelch und die umstrahlte Hostie im Zentrum freizugeben, existieren zwei Terrakotta-Modelle im Bayerischen Nationalmuseum, die bis auf die fehlenden Zeichen des Alten und Neuen Bundes mit den ausgeführten Reliefs übereinstimmen. Während Woeckel diese beiden Modelle für Arbeiten von Ignaz Günther hält, schrieben Schädler und Volk sie Joh. Bapt. Straub zu, dessen Name auch zweimal in den Rechnungen zur Fassade von St. Kajetan auftaucht[23a]. Boos kommt als Entwerfer und Modelleur kaum in Frage, denn der Vergleich mit gesicherten Werken, etwa den Engeln am unteren Choraltar von St. Johann Nepomuk in München (1783) oder den drei Puttenpaaren am Hochaltar in Benediktbeuren (1789), verdeutlicht, daß Boos an der Darstellung verspielter Bewegtheit und psychi-

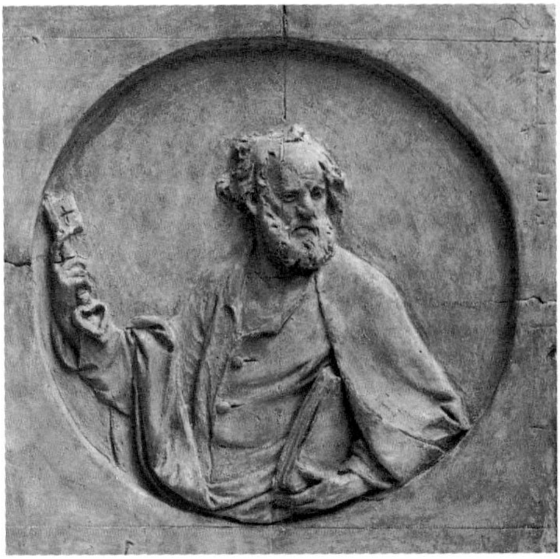 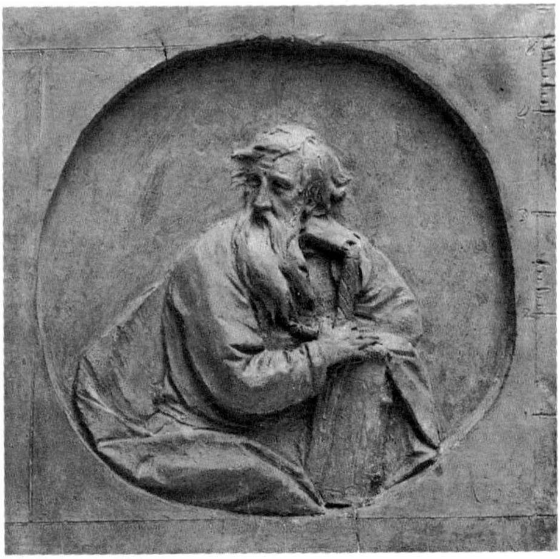

Terrakotta-Modelle der beiden Tondi mit den Apostelfiguren: links hl. Petrus, rechts hl. Paulus. München, Bayerisches Nationalmuseum

scher Anteilnahme am Geschehen, wie sie die Putten auf den beiden Reliefbozzetti noch zeigen, nicht mehr interessiert war.

In den *Reliefs der Attika* ist der Einfluß von Straub wohl unbestreitbar. Denn die lebhaft bewegten Kinderengel, die sich um Blumengirlanden tummeln bzw. ein Schriftband halten, stimmen nicht nur in ihrem Typus, sondern auch in ihren „ornamental empfundenen Figurationen"[23b] mit anderen Werken von Straub überein.

Auch das Vorbild zu dem mächtigen, von einer Figur der Fama und zwei Engeln gehaltenen *Wappen* im Giebelfeld der Fassade dürfte im Werk von Straub zu suchen sein: in dem ebenfalls von einer Famagruppe getragenen bayerisch-sächsischen Allianzwappen über dem Eingang des Alten Residenztheaters in München. Gleichzeitig besitzen die beiden Engel aber auch charakteristische Züge Günthers. Gerade der Vergleich dieser beiden Wappenensembles veranschaulicht die Formenverhärtung der Fassadendekoration und ihren geringen kompositionellen Zusammenhalt, der jedoch bereits aus dem Konzept der Entwerfer resultiert.

Die etwas überfüllten *Trophäen* mit liturgischem Gerät am Hauptgebälk wurden vermutlich nach französischen Ornamentstichen gestaltet, die wohl Cuvilliés vermittelt hatte. Von der gesamten plastischen Dekoration der Fassade können also nur die beiden Tondi mit den *Apostelfiguren* als eigenständige Werke von Boos bezeichnet werden. Im Bayerischen Nationalmuseum haben sich hierzu die Terrakotta-Modelle erhalten, die zwar in der Haar- und Gewandbehandlung noch den Einfluß Günthers verraten, doch im ruhigen klaren Umriß und in den reduzierten, Kontraste vermeidenden Bewegungen auf charakteristische Stilmerkmale von Boos verweisen.

Die Brunnenfigur des Hl. Johann Nepomuk

Die Arbeiten an der Fassade von St. Kajetan waren voll im Gange, als sich für Boos die Gelegenheit ergab, in direkten Wettbewerb mit seinen etablierten Münchener Kollegen zu treten. Die Münchener Stadtkammer hatte sich 1767 entschlossen, die 1751 von Straub geschaffene, inzwischen ruinöse Holzfigur des Hl. Johann Nepomuk am Brunnen in der Neuhauser Gasse vor dem Jesuitenkolleg durch eine Marmorstatue zu ersetzen. Der Märtyrer des 14. Jahrhunderts aus Böhmen, Johann von Nepomuk, war 1729, im Jahr seiner Heiligsprechung, von Kurfürst Karl VII. Albrecht zum Landespatron Kurbayerns und gleichzeitig auch zum Stadtpatron Münchens ernannt worden. 1768 reichten mehrere Künstler Zeichnungen und Modelle ein: Charles de Grof, Ignaz Günther, der Goldschmied

Joh. Bapt. Straub, Entwurf für den St. Johann von Nepomuk-Brunnen, Feder in Schwarz, grau laviert und aquarelliert. München, Staatliche Graphische Sammlung

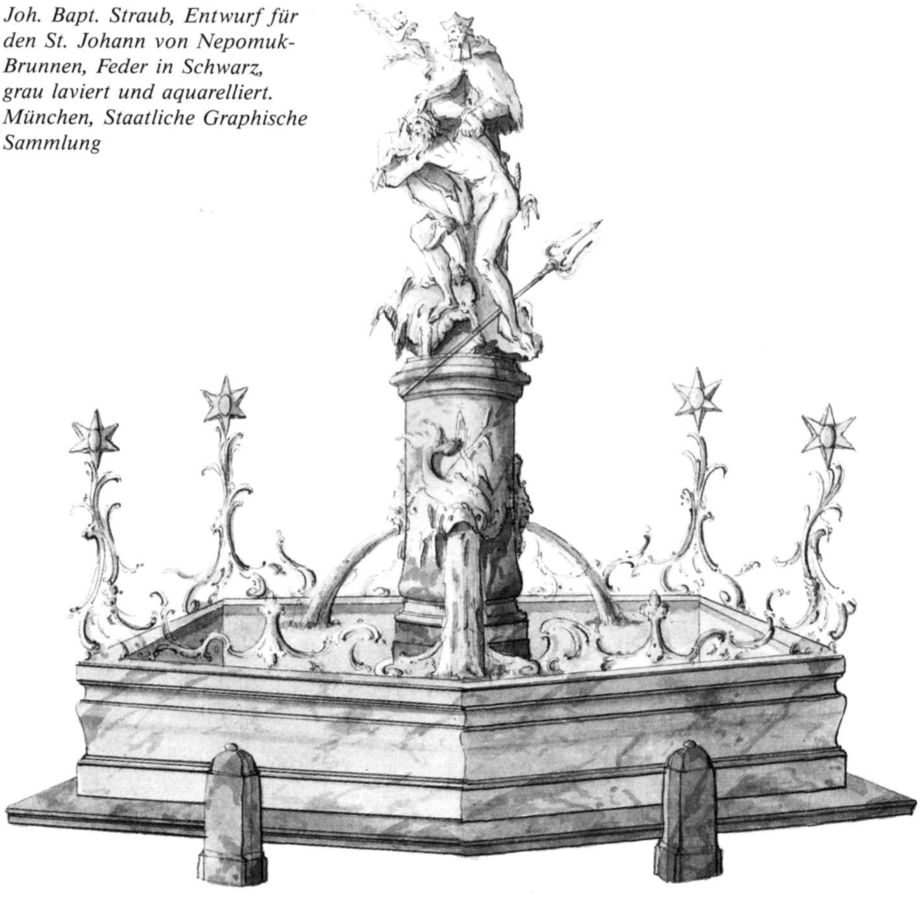

Joseph Friedrich Canzler, der Bildhauer Thomas Ignaz Ingerl, François Cuvilliés d. J., dessen Vorschläge als einzige in seinem Stichwerk ‚École de l'architecture Bavaroise' (1773) überliefert sind, und schließlich Roman Anton Roos, der den Auftrag erlangte.

Im Mai 1769 wurde mit ihm ein Vertrag abgeschlossen, der ihn für 500 fl verpflichtete, innerhalb eines Jahres die Heiligenfigur in Marmor fertigzustellen. Boos' Behauptung in seinem oben zitierten Brief an Lippert, daß er sich wie im Falle des Fassadenschmucks von St. Kajetan auch bei der Nepomuk-Statue nach Günthers Entwurf richten mußte, dürfte also nicht der Wahrheit entsprechen. Der im Vergleich zu fast allen anderen Vorschlägen niedrige Preis (de Grof z. B. veranschlagte für eine vergoldete Bronzefigur 9000fl) spielte gewiß eine große Rolle, doch den Ausschlag gab vermutlich die Idee von Boos, eine Figur mit wenigen Attributen zu konzipieren. Er schuf damit einen deutlichen Gegensatz zu der durch eine Zeichnung und zwei Bozzetti überlieferten, heftig bewegten Gruppe von Straub aus dem Jahr 1751 mit der Darstellung eines nackten alten Mannes als Personifikation der Moldau, der auf seinen Schultern den an Händen und Füßen gefesselten Johann Nepomuk trägt. Der Gedanke drängt sich auf, daß die witterungsbedingten Schäden willkommener Anlaß waren, das Straubsche Werk durch eine neue Brunnenfigur zu ersetzen, denn jene theatralische Zurschaustellung des Martyriums war um 1770 mit dem gewandelten Stilgeschmack nicht mehr in Einklang zu bringen. Es ist bezeichnend, daß Straub am Wettbewerb von 1767 nicht mehr teilnahm.

Doch auch an Boos' Marmorfigur ließ das allgemeine Interesse bald nach. Schon im Jahr 1804, also noch zu Lebzeiten des Bildhauers, wurde der Nepomuk-Brunnen vor dem Jesuitenkolleg abgetragen und für die Heiligenfigur, „kein Kunstwerk von vorzüglicher Art"[24a], fand sich am Mariahilfsplatz in der Münchener Vorstadt Au ein neuer Aufstellungsort, wo sie bis zu ihrer Zerstörung im Zweiten Weltkrieg 1944 verblieb. So sind wir neben den Angaben von R. Johnen in erster Linie auf zeitgenössische Kritiker wie Lippert angewiesen, der sie in der Augsburger Kunstzeitung folgendermaßen beschrieb[24b]: „In der rechten Hand hält er [der Hl. Johann Nepomuk] ein von Metall gegoßenes und im Feuer vergoldetes Cruzifix, gegen welches er das Gesicht wendet. Die linke Hand drückt er auf die Brust und macht damit eine sehr angenehme Stellung. Auf seiner linken Seite ist eine Wolke zu sehen, worauf ein Engel kniet und einen aus Kupfer geschlagenen und im Feuer vergoldeten Palmzweig in der linken Hand hält".

Durch seine Einstandsarbeiten in München, den Fassadenschmuck der Theatinerkirche und den städtischen Nepomuk-Brunnen, zählte Boos zu den führenden Bildhauern der Residenzstadt. Er durfte sich berechtigte Hoffnungen auf eine Verbesserung seiner beruflichen Position und auf neue, größere Aufgaben machen. Bereits im Juli 1769 hatte ihm der Kurfürst den Hofschutz erteilt, und Boos suchte diese Anerkennung durch ein besonderes Unternehmen zu rechtfertigen: die Gründung einer privaten Zeichenschule.

Brunnenfigur des hl. Johann Nepomuk, ehemals München-Au, 1944 zerstört

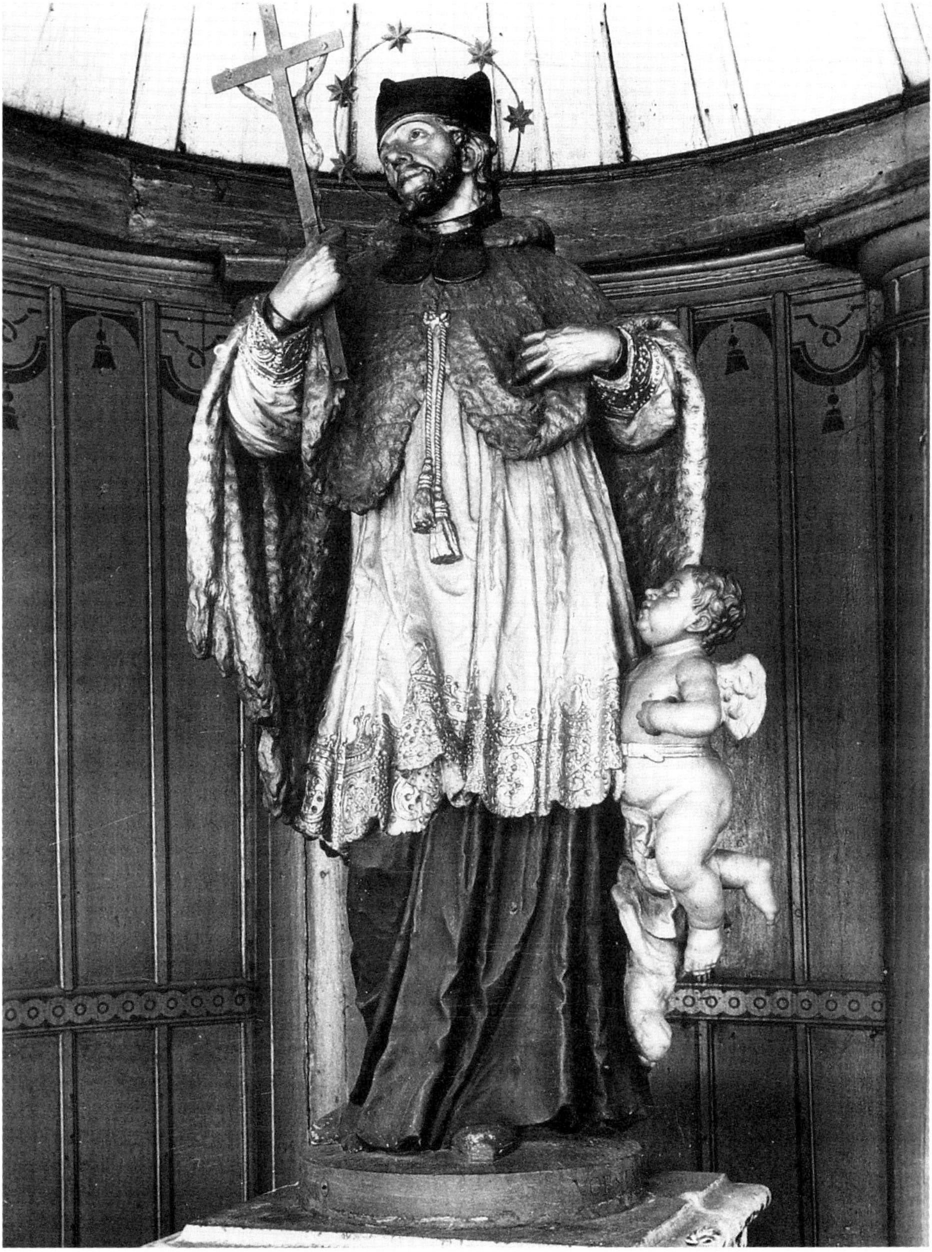

Die Gründung einer Zeichenschule in München

In einem Schreiben vom 6. Januar 1801 äußern sich Boos und der Maler Andreas Seidl über Entstehung und Entwicklung dieser zunächst privaten Kunstschule: „Die hießige Academie der bildenden Künste nahm ihren Anfang im Jahr 1766, wo sich auf das Bestreben des Professors Boos die hiesigen Künstler in der damaligen Behausung des Hof-Stukadors Feichtmair versammelten und nach der Statue sowohl zeichneten als possierten; und die Unkosten wurden damals von ihren eigenen Mitteln bestritten“[25]. Neben Boos, Oefele und Franz Xaver Feichtmayr d. J. erwähnt die Augsburger Kunstzeitung als weiteres Gründungsmitglied den Hofmaler Christian Wink[26].

Die Initiative war demnach von den Künstlern ausgegangen, die entscheidenden Anregungen gab Boos, der zweifellos schon von Wien, wo er die Akademie besucht hatte, mit der Absicht zurückgekommen war, eine ähnliche Einrichtung auch in München zu schaffen. Den Ausschlag gab der Wunsch nach einer für notwendig erachteten Verbesserung der Kunst. Sie sollte von der Bindung an die gerade in der bayerischen Kunstlandschaft so etablierten Werkstätten befreit und auf das Niveau einer Wissenschaft gehoben werden. Die Weitergabe handwerklicher Fertigkeiten innerhalb der Werkstattraditionen sollte durch die absolute Norm abgelöst werden, die Boos wie die anderen zahlreichen Initiatoren von Akademien in der zweiten Hälfte des 18. Jahrhunderts im antiken Schönheitsideal zu erkennen glaubten. Einer Veranschaulichung dieses Ideals sollte der gleichbleibende Vorrat an Gipsabgüssen und Stichvorlagen nach antiken Originalen dienen. Kunst war lehr- und somit erlernbar geworden.

Der eigentliche Anlaß der Gründung war jedoch die auf dem merkantilistischen Prinzip basierende Forderung, mehr einheimische Künstler zu beschäftigen. In dem Schreiben vom 6. Januar 1801 heißt es: „Vor der Entstehung der Academie mußte man jederzeit fremde Künstler zur Verschönerung der öffentlichen Gebäude herbeyrufen, welche größte Summen in das Ausland mitnahmen: gegenwärtig aber findet man in unserem Vaterlande Männer, welche im Stande sind, alles zu leisten, was man in Kunstsachen nur verlangen kann“. Boos und sein Kreis hofften, mittels einer eigenen bayerischen Kunstschule das Kurfürstentum sowohl von ausländischen, d. h. italienischen und französischen Künstlern, als auch von fremden Akademien unabhängig zu machen und einen eigenständigen Kunstkreis aufzubauen. Gerade die Ablehnung ausländischer Künstler mit der Begründung, daß es genügend ebenbürtige bayerische gäbe, taucht in den Quellen zur Akademie immer wieder auf. Wie dringlich den Initiatoren ihr Anliegen war, zeigt sich darin, daß sie die Schule aus eigenen Mitteln bestritten.

Ihre Forderung nach einer Nationalisierung des Kunstbetriebes kam nicht von ungefähr. Schließlich hatten seit Herzog Wilhelm V. (1579–1597) ausländische Künstler am bayerischen Hof dominiert; ihre Vorherrschaft begann sich erst unter Max III. Joseph zu lösen. Zudem kam dieser Kurfürst durch seine auf den inneren Ausbau des Landes gerichtete Politik einem wachsenden Nationalbewußtsein durchaus entgegen.

Vier Jahre nach der Gründung der privaten Kunstschule begann sich auch Max III. Joseph für sie einzusetzen und ließ sie im März 1770 als Zeichenschule und Akademie für Maler und Bildhauer einrichten. Der Kurfürst erweiterte damit den äußeren Rahmen und erhob die Privatschule zur öffentlichen, vom Hof geförderten Akademie. Er bewilligte für die notwendigen Ausgaben jährlich 300 Gulden und setzte als geschäftsführenden Direktor Georg Benedikt von Faßmann ein. Der Hofmaler Franz Ignaz Oefele wurde von den Akademie-Mitgliedern einstimmig zum künstlerischen Leiter mit einem Jahresgehalt von 100 Gulden gewählt. Roman Anton Boos begnügte sich mit der zweiten Professur, die er bis 1793 sogar unentgeltlich ausübte.

Den Lehrplan beschreibt Faßmann 1771 in einem ausführlichen Artikel der Augsburger Kunstzeitung[27], in dem er „von dem guten Fortgange“ der Zeichenschule berichtet, die im ersten Jahr bereits 40 Schüler zählte: „Die Schüler sind in zwo Classen eingetheilet, eine, die nach Gyps und die andere, welche nach der Natur zeichnet und studiret. Der letzten werden wöchentlich zwei Modelle, die wechselweise gebraucht werden, vorgestellt. Herr Franz Ignatius Oefele, Hofmaler, ist Professor; die Bildhauer und Stucadors, die sich mit Poßieren beschäftigen, unterrichtet Herr Romanus Boos. Da diese Schulen mit so großem Fleiße besucht werden, so können wir die Namen dieser eifrigen Künstler unmöglich ganz verschweigen. Wir wünschen, daß wir sie bald aus dieser Schule in das glänzende Register der größten Artisten versetzen können. Hier sind sie“.

Es folgt nun eine Liste von 32 Namen, in der viele mehr oder weniger bekannte, in München ansässige Künstler, auch Hofkünstler, auftauchen: R. A. Boos, J. J. Dorner, J. G. Edlinger, F. X. Feichtmayr, M. Hartwanger, F. I. Oefele, H. Schleier, Ch. Wink u. a. Nach dieser Aufzählung fährt Faßmann fort: „Außer diesen Angeführten sind dermalen noch 8 Scholaren, welche nach Gyps zeichnen“. Erstaunlich ist, daß in der Schülerliste auch die Namen der Lehrer Boos und Oefele nochmals erscheinen und daß mehr als Dreiviertel der Aufgeführten fertig ausgebildete, ‚routinierte‘ Künstler, zum Teil in Hofstellung, sind. In dieser Zusammensetzung hatte die Akademie weniger den Charakter einer Ausbildungsstätte als vielmehr den eines Kollegiums von Gleichgesinnten mit annähernd gleichen Vorkenntnissen.

Auch nach der Erhebung zur öffentlichen Akademie blieb die Zeichenschule eine eher interne Vereinigung von bereits etablierten Künstlern, die sich trafen, um gemeinsam die menschliche Anatomie zu studieren. Der Unterschied zu der vorausgehenden Privatschule bestand lediglich darin, daß man jetzt nicht nur nach Abgüssen, sondern auch nach dem lebenden Aktmodell, nach der Natur, zeichnen und modellieren konnte. Als Modelle stellten sich für je 20kr pro Sitzung zwei Soldaten des Leib-Grenadier-Regiments zur Verfügung[28].

Dem Schreiben von Seidl und Boos ist zu entnehmen, daß bis 1801 „16 der schönsten antiken Statuen und 42 antike Köpfe von Gyps zur Kenntnis und Beförderung des wahren Geschmacks“[29] angeschafft worden waren. Darunter befanden sich die „Statue des Laokoon und seines Sohnes“, die „Statue der Anatomie“ von J. M. Fischer, „eine Statue von gyps: den Ganimedes mit dem Adler vorstellend“, nach Westenrieder der Antinous und die mediceische Venus und nach den Quellen zur Akademie im Hauptstaatsarchiv München ein Faun und eine weitere Venus ‚aus Neapel‘[30].

Der Unterricht wurde im vormaligen Jesuitenkolleg während der Wintermonate von „Lukas (= 18. Oktober) bis Ostern“, und zwar täglich von 6–20 Uhr abgehalten[31].

Als Faßmann 1771 starb, übertrug man dem Hofkammerrat Johann Nepomuk Edler von Weizenfeldt 1772 die geschäftliche Leitung der Akademie. Da Weizenfeldt gleichzeitig Direktor der kurfüstlichen Gemäldesammlung war, und ihm die Leitung der Schule gegen seinen Willen aufgebürdet wurde, übergab er alle Verwaltungsangelegenheiten Roman Anton Boos, der ihn de facto als Direktor vertrat und sich in den letzten Jahren der Amtsperiode Weizenfeldts des öfteren eigenmächtig als solcher bezeichnete. Die Nachfolge des 1797 verstorbenen F. I. Oefele trat Andreas Seidl an. Als weitere Lehrkräfte nennt das Schreiben von 1801 noch Joseph Hauber und Hermann Mitterer. Schülerlisten aus den Jahren 1772 bis 1800 sind nicht überliefert.

1799 trat Weizenfeldt in den Ruhestand, und Boos übernahm die Leitung, doch ohne als Direktor bestätigt zu werden. Der neue Kurfürst und spätere König Max I. erhob in Anweisungen an das Hofbauamt mehrmals Zweifel an den Fähigkeiten des Hofbildhauers für diese Aufgabe[32]. So blieb die Stelle bis zur Neuordnung und Gründung der Königlichen Akademie der Bildenden Künste im Jahr 1808 unbesetzt.

Während der Amtszeit von Weizenfeldt war der Antikensaal, in dem sich die Schüler zum Zeichnen und Modellieren aufhalten durften, in einen sehr verwahrlosten Zustand geraten, so daß ihn Boos kurzerhand schließen ließ. Durch zahlreiche Proteste erfuhr auch der Kurfürst davon und befahl Boos, den Saal wieder zu öffnen und sein eigenmächtiges Handeln zu rechtfertigen. In einem Schreiben vom 17. Juni 1802 kam Boos dieser Forderung nach: „Da ich sah, daß diese klassischen Werke der griechischen Kunst mißhandelt und zerstümmelt, von dem Hausgeflügel besudelt und endlich gar zum Wäschetrocknen gebraucht wurden, so mußte diese Verspottung der Kunst ganz natürlich den Unwillen in mir erregen . . . Keine handwerksmäßigen Neckereyen, sondern wohlüberdachte Absichten waren die Ursache; so kann dieser Vorwurf nie einen Mann treffen, der der erste war, den zunftmäßigen Einschränkungen entgegenzuarbeiten, der die Freyheit der Kunst vertheidigte und das Handwerksmäßige derselben verachtete und der deswegen noch bis zu dieser Stunde einen großen Theil der bürgerlichen Künstler zu Feinden hat . . :“[33]

Mit seiner kurzen Beschreibung aus dem Jahr 1782 skizziert Westenrieder den Umfang des Lehrplans der Akademie und ihre Effizienz: „Die Übungen bestehen in sogenannten Akten und Stellungen, Kollegien aber, wo die Poesie und die Philosophie der Künste, ihre Geschichte usw. gelehrt würde, sind noch nicht vorhanden“[34]. Daran wurde bis zur Neuordnung der Akademie im Jahr 1808 nichts geändert. Daß eine Erweiterung des Lehrplans etwa im Sinne Westenrieders nicht stattfand, lag nicht nur am mangelnden materiellen und idellen Rückhalt seitens des Kurfürsten, sondern auch an Boos, der sich als Hauptverantwortlicher der Akademie fühlte. In einer Bittschrift „zwecks Beförderung dieses Instituts“[35] aus dem Jahr 1801 beklagt er sich über den erbärmlichen Zustand, der aus der unzureichenden finanziellen Unterstützung, den schlechten räumlichen Verhältnissen und den fehlenden Lehrmitteln resultierte, brauchbare Vorschläge zur Verbesserung bleiben allerdings völlig aus. In der Zusammenfassung der akademischen „Kunstfächer“, die er der Bittschrift beifügte, bekennt sich Boos noch einmal zur absoluten Vorherrschaft des Antikenstudiums, das zwar um das Aktzeichnen erweitert wurde, doch „die Schönheit der antiken Formen“ überrage allemal jene der „gemeinen Natur“.

Doch zu dem Zeitpunkt, als Boos diese Vorherrschaft des Antikenstudiums im Rahmen der Akademie proklamierte und immer noch die formale Abhängigkeit von antiken Vorbil-

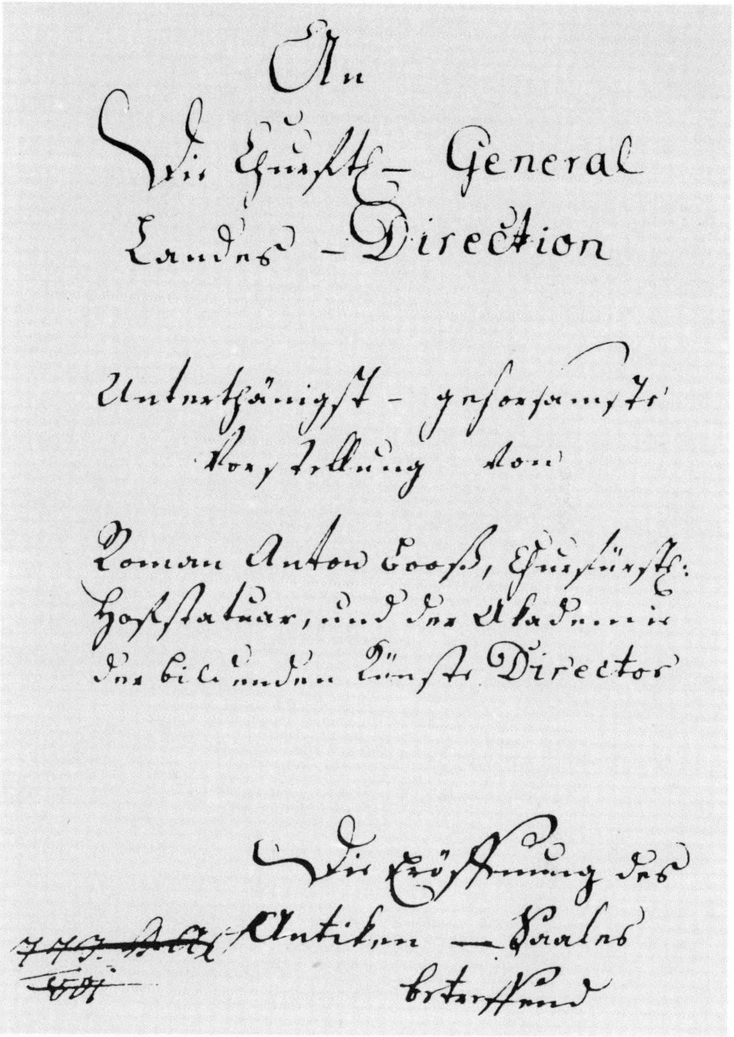
An
die Churfürstl. General
Landes-Direction

Unterthänigst-gehorsamste
Vorstellung von

Roman Anton Booß, Churfürstl.
Hofstatuar, und der Akademie
der bildenden Künste Director

Die Eröffnung des
Antiken-Saales
betreffend

Handschrift von „Roman Anton Booß, churfürstl. Hofstatuar und der Academie der bildenden Künste Director“

dern forderte, war die äußerliche Nachahmung der Antike bereits deutlich in Mißkredit gekommen. Statt dessen sollte der Künstler versuchen, die geistigen Prinzipien der antiken Kunst zu erfassen und nach den Worten Schellings „in die geistige Methode selbst einzudringen, durch die solche Werke entstanden“[36]. Es lag auf der Hand, daß die Konstitution der Münchener Akademie aus diesem Grunde weder Boos noch einem anderen Hofkünstler, sondern einem Philosophen anvertraut wurde: Friedrich Wilhelm Joseph von Schelling.

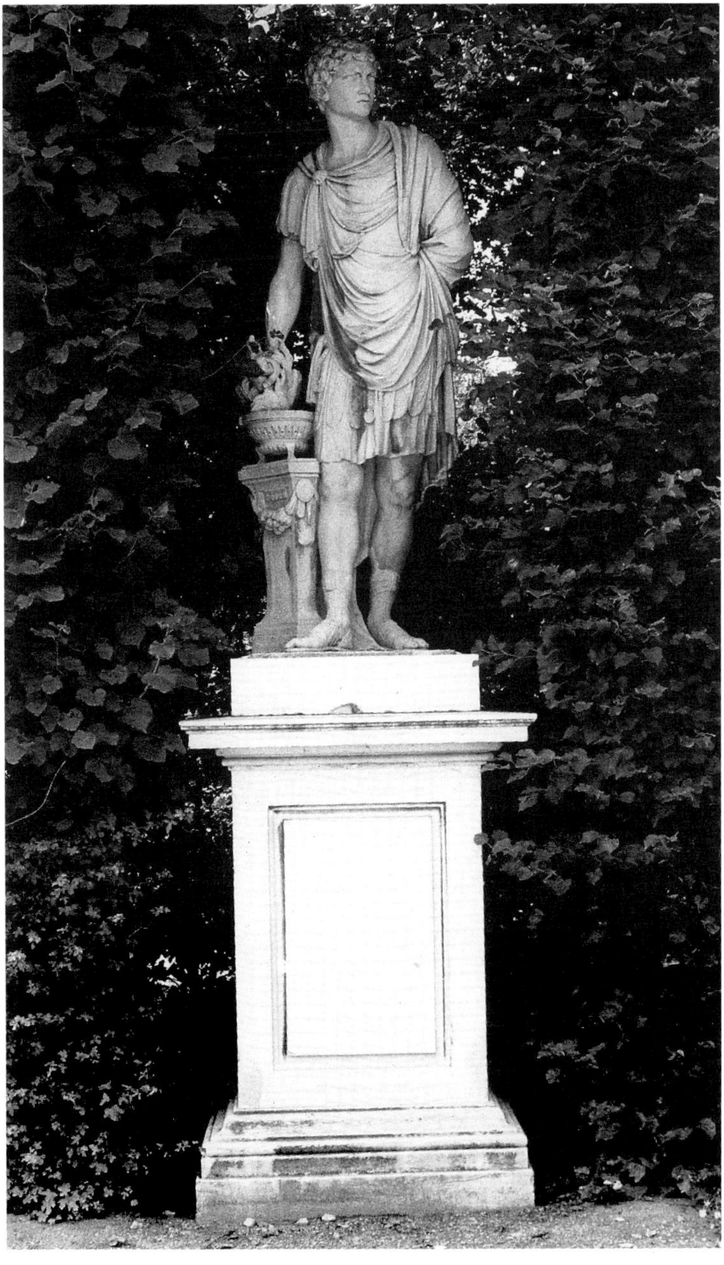

Marmorstatue des Mucius Scaevola im Garten von Schönbrunn

Der Höhepunkt der künstlerischen Laufbahn: die kurfürstlichen Aufträge

Nicht erhaltene Werke

In einer ausführlichen Beschreibung heißt es in der Augsburger Kunstzeitung im Jahr 1771[37]: „Unlängst hat Herr Roman Boos 2 schöne Stücke nach Schleißheim geliefert, welche daselbst in 2 Bassins . . . aufgerichtet worden sind . . . 1. Alpheus und Arethusa mit 2 Tritonen und 2. die Nymphe Syrinx mit 2 Satyrn". Im darauffolgenden Jahr wird von zwei weiteren Gruppen (Andromeda und Perseus, Hermaphrodit und die Nymphe Salamacis, mit jeweils zwei Genien) und einem Flußgott berichtet, die ebenfalls im Schleißheimer Schloßgarten aufgestellt worden waren[38]. Außerdem erwähnt Lorenz Westenrieder im Jahr 1806 noch 16 (!) Statuen von Boos zur Verzierung der dortigen Kaskaden, welche aber wie die vier mythologischen Gruppen „nur von Eichenholz gearbeitet, sohin einer baldigen Zerstörung ausgesetzt wurden"[39].

Boos' Schleißheimer Arbeiten, seine ersten höfischen Aufträge, waren also schon zu seinen Lebzeiten durch Witterungseinflüsse teilweise oder vollständig ruiniert. Dies ist umso bedauerlicher, als sie offensichtlich die Anerkennung des Kurfürsten Max III. Joseph fanden, der Boos daraufhin eine für dessen Zukunft bedeutende Aufgabe übertrug: Er schickte ihn im August 1773 nach Mareit bei Sterzing, um dort 13 Marmorblöcke für Nymphenburger Statuen brechen zu lassen.

Im Marmorbruch von Mareit

Dieser Marmorbruch war von Wilhelm Beyer entdeckt worden, einem in Wien ansässigen, international geschulten Bildhauer, der auch mit Johann Joachim Winckelmann zusammengetroffen war. Er schlug der Kaiserin Maria Theresia, die sich entschlossen hatte, eine Folge von Gartenstatuen für ihre bevorzugte Sommerresidenz Schönbrunn in Auftrag zu geben, besagten Tiroler Marmor vor, der natürlich weitaus billiger als der bisher übliche Carrara-Marmor war. Es überrascht deshalb nicht, daß Beyer und kein anderer im Jahr 1773 beauftragt wurde, innerhalb von drei Jahren 36 Statuen und einige Vasen für das Blumenparterre des Schönbrunner Gartens anzufertigen.

Zur gleichen Zeit, als Beyers Gehilfen nach dessen Entwürfen die Blöcke aus dem Marmorbruch grob herausschlugen, trafen Boos und sein Geselle Muxel in Mareit ein. Boos übernahm sogleich die Bearbeitung der für Schönbrunn gedachten Statue des Mucius Scaevola – eines wegen seiner Tapferkeit gepriesenen Helden der römischen Geschichtslegende vom Krieg gegen Porsenna im Jahr 507 v. Chr. –, die von seinem Freund Johann Martin Fischer in Wien vollendet wurde.

Beyer schreibt in einem Promemoria über die Mehrauslagen des Schönbrunner Statuenzyklus, er sei an die Stelle von Roman Anton Boos „in Akkord getreten"[40]. Boos hatte also ursprünglich selbst irgendeinen Auftrag vom Kaiserhof in Wien übernommen, vielleicht nur den für die Statue des Mucius Scaevola, vielleicht aber auch mehrere. In einem Bericht an das kurfürstliche Hofbauamt in München aus dem Jahr 1802 schreibt Boos nur, daß man ihm am Wiener Hof vor seiner Niederlassung in München im Jahr 1765, als ein Statuenzyklus für Schönbrunn also noch gar nicht zur Debatte stand, die herrlichsten Versprechungen und Bedingungen einer baldigen Versorgung gemacht habe[41].

Der Inhalt des ‚Akkords' (= Vertrag), den Beyer erwähnt, wird wohl im dunkeln bleiben. Jedenfalls ist mit dieser Nachricht die Mitarbeit von Boos am Schönbrunner Statuenzyklus archivalisch gesichert. Da auch er in Mareit Marmorblöcke für Gartenstatuen brechen lassen wollte, kann man davon ausgehen, daß er nicht nur an der thematischen Zusammenstellung der Schönbrunner Folge, sondern auch an den einzelnen Entwürfen und der wohl von Winckelmann inspirierten Verwendung antiker Vorbilder großes Interesse zeigte, um selbst Anregungen für die geplanten Nymphenburger Gartenstatuen zu erhalten.

Nach München zurückgekehrt, mußte er die Marmorblöcke jedoch zunächst anderen Bildhauern überlassen.

Zur Auftragsgeschichte der Nymphenburger Statuenfolge

Die Idee zu einer Statuenfolge für den Nymphenburger Schloßgarten reicht bis in das Jahr 1728 zurück, als Giuseppe Volpini den Auftrag erhielt, jährlich zwei Marmorstatuen zu je 1000 Gulden anzufertigen[42a]. Im selben Jahr waren die beiden ersten bereits vollendet, die sehr wahrscheinlich mit den Statuen von Äolus und Flora an der großen Kaskade des Nymphenburger Gartens identisch sind. Diese Annahme läßt sich durch einen Vergleich mit gesicherten Werken Volpinis, wie z. B. den Statuen von Mars und Pallas in unmittelbarer Nachbarschaft, begründen. Da Volpini 1729 starb, blieb das Projekt einer Statuenfolge zunächst unausgeführt, wobei allerdings fraglich ist, ob diese Folge überhaupt nach einem zusammenhängenden Konzept entstehen sollte.

In den dreißiger Jahren schuf Guillielmus de Grof, der Schöpfer der ehemals berühmten, leider jedoch verlorenen Bleiplastik im Nymphenburger Garten, drei weitere Marmorstatuen, von denen als einzige der Neptun an der großen Kaskade erhalten blieb. In dieser Zeit ist von einer Fortführung der wie auch immer gearteten Folge, die 1728 begonnen worden war, nicht mehr die Rede.

Dieser Plan nahm erst wieder gegen Ende des Jahres 1755 konkrete Formen an, als Kurfürst Max III. Joseph die Figuren der 16 Hauptgottheiten des Olymps aufzustellen beabsichtigte. Sie sollten zuerst als originalgroße Stuckmodelle entstehen und dann in Marmor ausgeführt werden. Erstmals wurde auch ein Aufstellungsort bestimmt: zwischen den Bäumen an den Längsseiten des Parterres. Als ausführender Künstler war Charles de Grof vorgesehen, der 1751 die Nachfolge seines Vaters Guillielmus als kurfürstlicher Hofbildhauer angetreten hatte. Er sollte Voranschlag und Entwürfe einreichen und jährlich zwei Statuen liefern. Doch Charles de Grof hielt es zunächst nicht einmal für notwendig, auf diese kurfürstliche Verfügung zu reagieren.

Im Jahr 1760 verrechnete Johann Baptist Straub das Modell zu einer Statue der Kybele, das Gerhard P. Woeckel in einer Figur erkannte, die im Hintergrund von Balthasar Al-

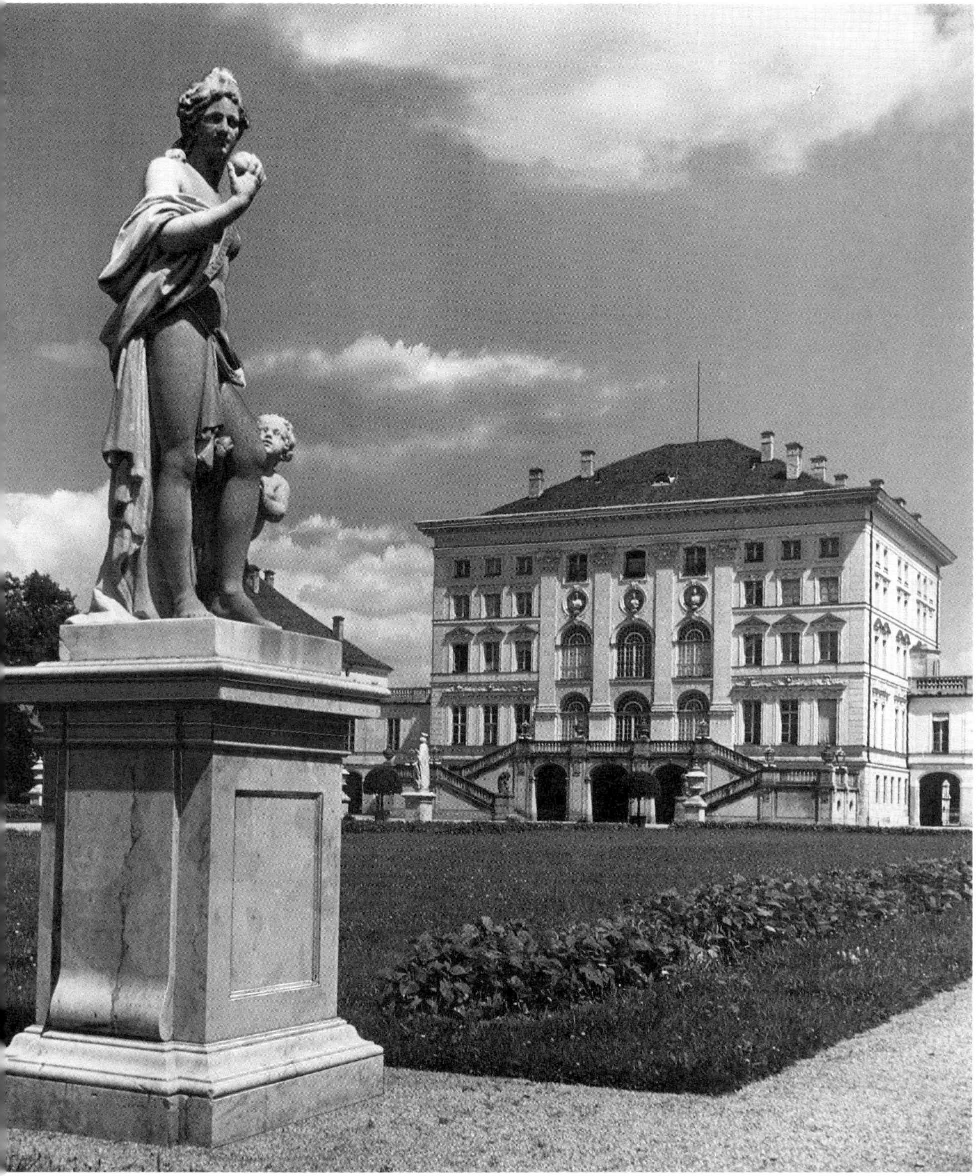

Park vom Schloß Nymphenburg, im Vordergrund Figur der Venus mit Cupido

brechts ganzfigurigem Portrait des Bildhauers aus dem Jahr 1763 dargestellt ist[42b]. Aus unbekannten Gründen wurde Kybele jedoch nicht von Straub, sondern von dem Venezianer Giovanni Marchiori ausgeführt, der 1765 das mit „OP: JOANNIS MARCHIORI" signierte Statuenpaar von Kybele und Saturn für den Nymphenburger Garten lieferte. Es überrascht, daß Kurfürst Max III. Joseph, der aus Kostengründen sonst immer einheimische Künstler bevorzugte, diesen Auftrag an einen ausländischen Bildhauer vergeben hatte.

Im selben Jahr, am 14. April 1765, erging wiederum eine kurfürstliche Resolution, wonach Johann Bapt. Straub die Juno, Ignaz Günther den Jupiter und Charles de Grof die Thetis im Modell entwerfen sollten. De Grof muß dieser Aufforderung bald nachgekommen sein, da sein Thetis-Modell, wie Peter Volk nachweisen konnte, auf Peter Horemans' Portrait des Hofbildhauers von 1766 bereits dargestellt ist[42c].

Um 1766 entwarf Straub die Modelle der Juno, des Jupiter, des Mars und der Minerva, ohne sie jemals in Marmor auszuführen. Man hatte offensichtlich vergessen, daß für die Figur des Jupiter eigentlich Günther vorgesehen war; dieser wurde indessen 1769 mit den Stuckmodellen zu Mars und Pallas beauftragt, die zwei Jahre später in Nymphenburg aufgestellt, doch nicht von Günther in Marmor angefertigt wurden. Straubs Entwürfe für Mars und Minerva (Pallas) standen entweder nicht mehr zur Verfügung oder kamen für eine Ausführung nicht mehr in Frage.

1767 wurden mit dem Salzburger Bildhauer Johann Baptist Hagenauer die Statuen von Apollo, Diana, Bacchus und Ceres vereinbart, und bereits ein Jahr später stellte er die Stuckmodelle in Originalgröße im Parterre des Nymphenburger Schloßgartens auf. Die Ausführung in Marmor erledigte jedoch ein anderer Bildhauer. Das gleiche ist der Fall bei den Statuen von Pluto und Proserpina, für die Straub 1771 Modelle lieferte, und bei Venus und Merkur, für die Günther 1773 Bozzetti entwarf.

Im Jahr 1775 wurde nach Kybele und Saturn erstmals wieder eine Marmorstatue für Nymphenburg vollendet: Amphitrite, die Boos nach dem Thetis-Modell von Charles de Grof geschaffen hatte. Um 1777 wurden die Marmorstatuen der Pallas und des Mars aufgestellt und ein Jahr später die von Merkur und Venus, die ebenfalls Boos ausgeführt hatte. Im gleichen Jahr schuf Dominik Auliczek das Statuenpaar von Pluto und Proserpina. 1782 folgten von Boos die Statuen von Bacchus und Ceres und 1785 von Apollo und Diana. Das letzte von Auliczek ausgeführte Statuenpaar von Jupiter und Juno kam erst 1792 zur Aufstellung.

Der Plan, das Nymphenburger Gartenparterre mit Marmorstatuen auszustatten, reicht zwar bis in das Jahr 1728 zurück, aber erst 1765 wurde er nach einem zusammenhängenden Konzept mit der Aufstellung des Statuenpaares von Kybele und Saturn von Marchiori in Angriff genommen. Danach muß dem Kurfürsten Max III. Joseph die Ausführung der Folge sehr dringlich gewesen sein, wobei er sich mit den in München ansässigen Bildhauern offenbar nicht begnügte. Neben Charles de Grof, Ignaz Günther und Johann Baptist Straub, die zum Teil mit Modellen gleichen Themas beschäftigt waren, erging auch an den Salzburger Johann Baptist Hagenauer ein Auftrag für vier Statuen.

Diese höchst verwirrende Auftragsgeschichte in den Jahren 1765 bis 1774 endete damit, daß keiner der genannten Bildhauer eine einzige Statue in Marmor ausführte, obwohl ihnen die Blöcke übergeben worden waren. Diese Aufgabe übertrug man von 1775 bis 1792 Dominik Auliczek und vor allem Roman Anton Boos.

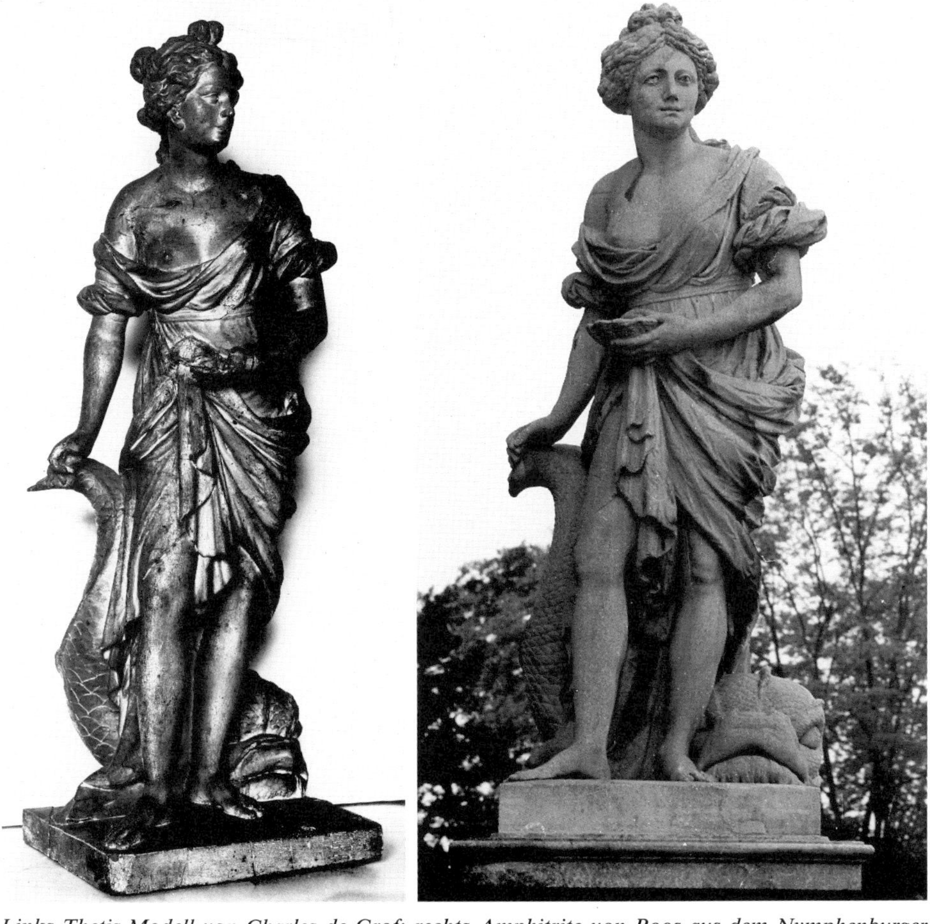

Links Thetis-Modell von Charles de Grof; rechts Amphitrite von Boos aus dem Nymphenburger Schloßpark

Die von Boos in Marmor ausgeführten Nymphenburger Gartenstatuen

Amphitrite

1775 führte Boos diese Statue aus, mit deren Modell 1765 Charles de Grof beauftragt worden war. Während aber im Vertrag mit de Grof von einer ‚Thedis' gesprochen wurde, hieß die Figur bei Boos ‚Amphitrita'[43]. Vermutlich waren von Beginn an Poseidon bzw. Neptun

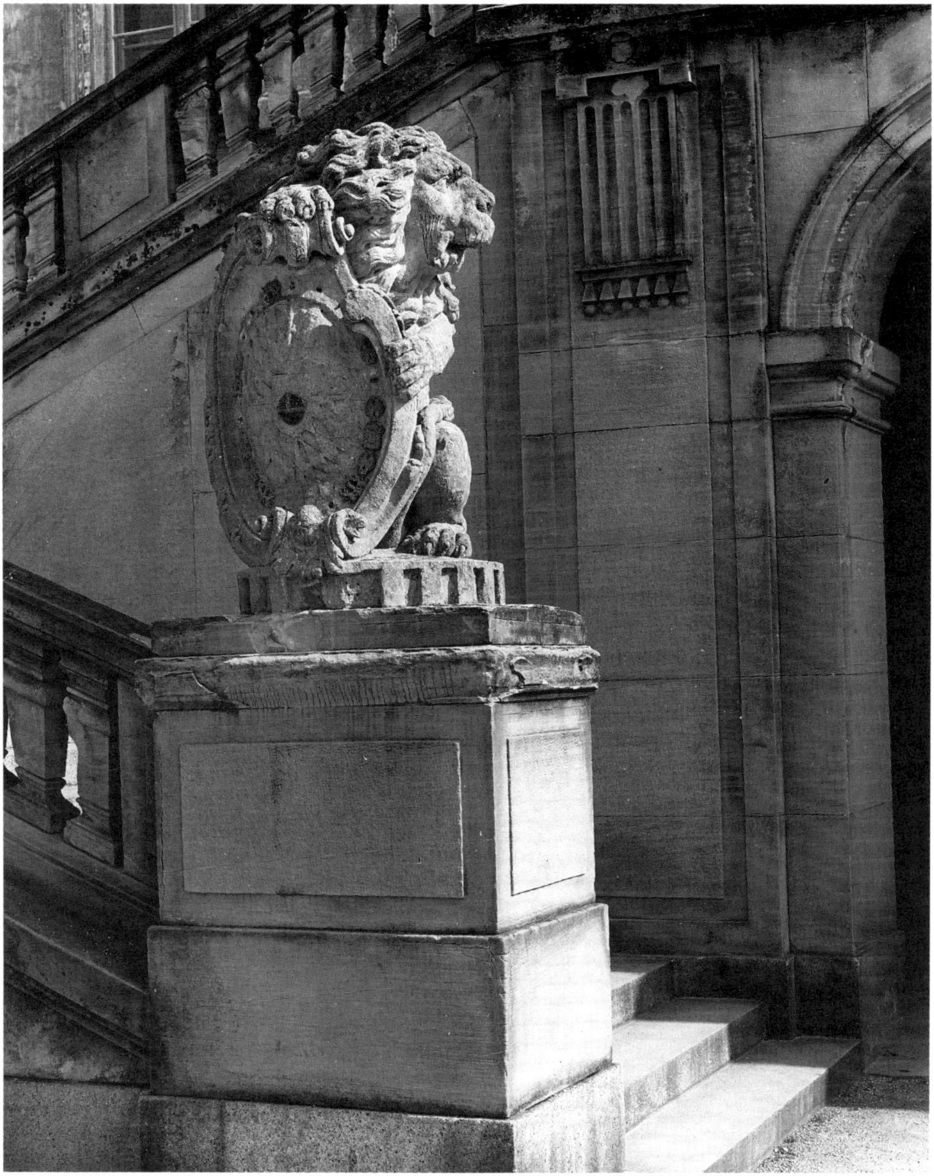

Sitzender Löwe an der Freitreppe von Schloß Nymphenburg

und dessen Gemahlin Amphitrite als Statuenpaar geplant, wobei in der Auftragserteilung an Charles de Grof offensichtlich Amphitrite mit ihrer Schwester Thetis, Mutter des Achilleus und Gattin des Peleus, verwechselt worden war. Ikonographisch unterschied man zwischen beiden sowieso nicht, da sich Boos wörtlich an das Thetis-Modell de Grofs hielt.

Dieses Modell ist nicht nur auf dem Portrait des Bildhauers von Peter Horemans, sondern auch in einer ebenfalls von Peter Volk identifizierten, 76,5 cm großen Holzstatuette überliefert, die im Musée des Arts Décoratifs in Paris aufbewahrt wird[44].

Sowohl beim Modell als auch bei der ausgeführten Statue ist das Körpergewicht auf beide Beine gleichmäßig verteilt. Der Oberkörper ist leicht nach vorne gebeugt. In der Linken hält Amphitrite eine Muschel und gleichzeitig das hochgeraffte Gewand, das – von der Schulter geglitten – die rechte Brust freigibt. Die rechte Hand, in der bei beiden Figuren ein kleiner Dreizack zu ergänzen ist, ruht auf der Schwanzflosse eines Delphins, der zu ihren Füßen liegt.

Bei der Marmorstatue werden durch das hochgesteckte Haar antik gesträhnte Locken angedeutet. Im Gewand dagegen wird in Anlehnung an Günther immer noch die Stofflichkeit durch eine leicht knittrige Oberflächenbehandlung betont. Verglichen mit dem schlankeren und bewegteren Modell de Grofs, bei dem das Haar weniger stereotyp geschnitten und das Gewand einfacher, leichter, antikischer drapiert ist, geraten Boos die Formen „üppiger, der Kopf wird schwer und groß, die Stofflichkeit ist stärker, die Figur verliert ihre Grazie und wird etwas plump, ganz im Stil der Jahre nach 1770“[45].

Als Boos mit der Statue der Amphitrite beschäftigt war, arbeitete er gleichzeitig am plastischen Schmuck der neuen Freitreppen von Schloß Nymphenburg: für die Gartenseite zwei sich gegenüber sitzende Löwen, die in ihren Pranken einen Schild mit dem bayerischen Wappen halten, und vier gedrungene Doppelhenkelvasen, die sich an der vorderen Treppe des Schlosses wiederholen.

Mars und Pallas

Bei den gegen 1777 vollendeten Statuen von Mars und Pallas fällt sofort der Einfluß der Stuckmodelle Günthers auf, die 1771 zur Probe im Garten aufgestellt worden waren.

Im gleichen Jahr rezensiert die Augsburger Kunstzeitung die Modelle in einem ausführlichen, von Lippert verfaßten Artikel. Nachdem er einleitend Gründe für die Schwierigkeiten der plastischen Kunst und den Mangel an guten Skulpturen angeführt hat, fährt er fort: „Unter solchen Betrachtungen müssen wir allerdings mit dem stärksten Gefühle der Ehrfurcht und Hochachtung die zwei Bildsäulen . . . bekanntmachen . . . Herr Franz Ignaz Günter, churfürstlicher Bildhauer, hat durch diese wohlgerathenen Werke einen solchen Beweis seiner Geschicklichkeit gegeben, daß wir kein Bedenken tragen dürfen, ihn in die Zahl der besten neueren Künstler zu setzen. Außer seinem Vaterlande war er diehero nicht sehr bekannt, allein wie viele geschickte und rafinierte Köpfe bleiben aus Geringschätzung nicht unbekannt? . . . *Mars* stehet in einer Bewegung, die zu erkennen gibt, daß er seinem Feinde mit entblößtem Schwerte zu Leibe gehen will. Mit der Linken hält er das Ende seines Mantels, welcher über die Schultern herabzufallen scheinet. Die Kleidung ist römisch; zu seinen Füssen liegen moderne Waffen. Die modernen Waffen lassen sich allenfalls noch verteidigen, wie wohl sie nicht jedermann gefallen werden. Denn Schilde, Spieß, Bogen,

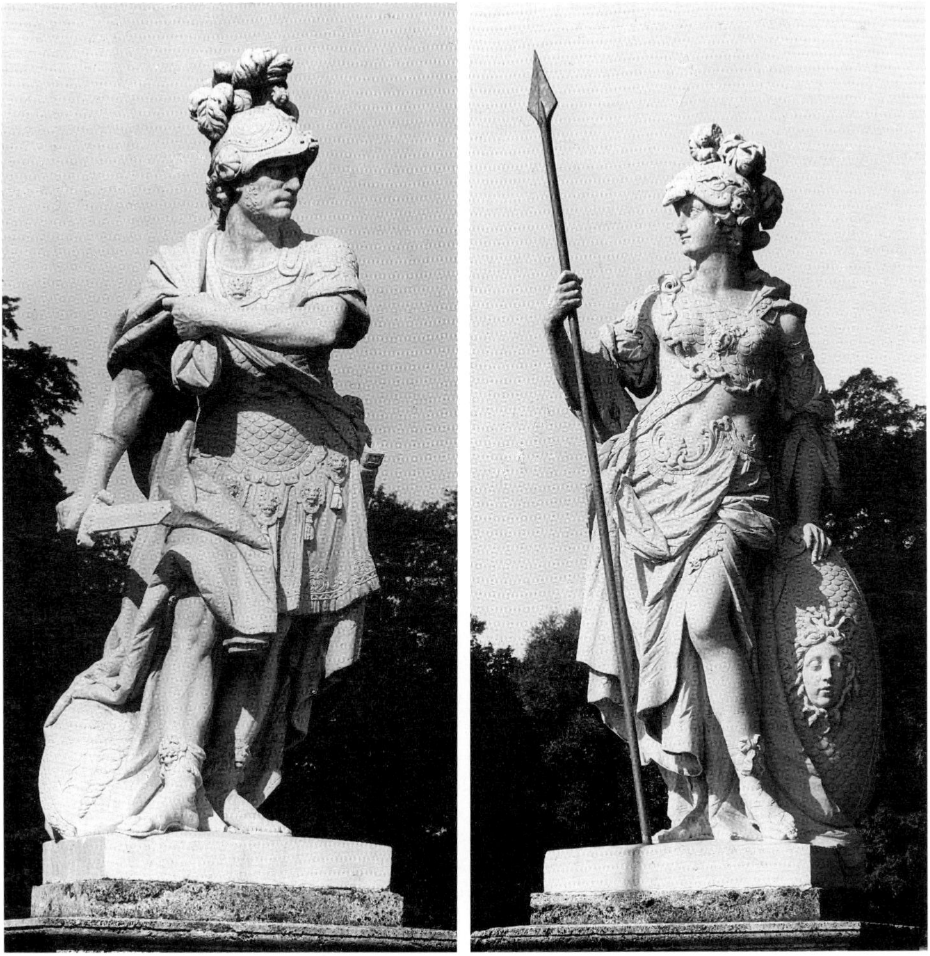

Figuren an der Kaskade von Schloß Nymphenburg: links Mars mit Schwert und Schild, rechts Pallas

Pfeile hätten die Bedeutung des Gottes nicht verdunkelt. Wir treten durch diese Anmerkung der Kunst des Meisters nicht zu nahe, denn er mag machen, was er will, wenn nur sein Geist aus der Arbeit hervorleuchtet; inzwischen wollen wir in diesem Falle nicht gar zu freygiebig seyn; denn das Kostume könnte sonst gar verloren gehen. Einem römischen Priester einen modernen Chorrock umzuhängen, einem Apollo eine Violine in die Hand zu geben oder des Alexanders Phalanx mit hungarischen Säbeln vorstellen, das ist uner-

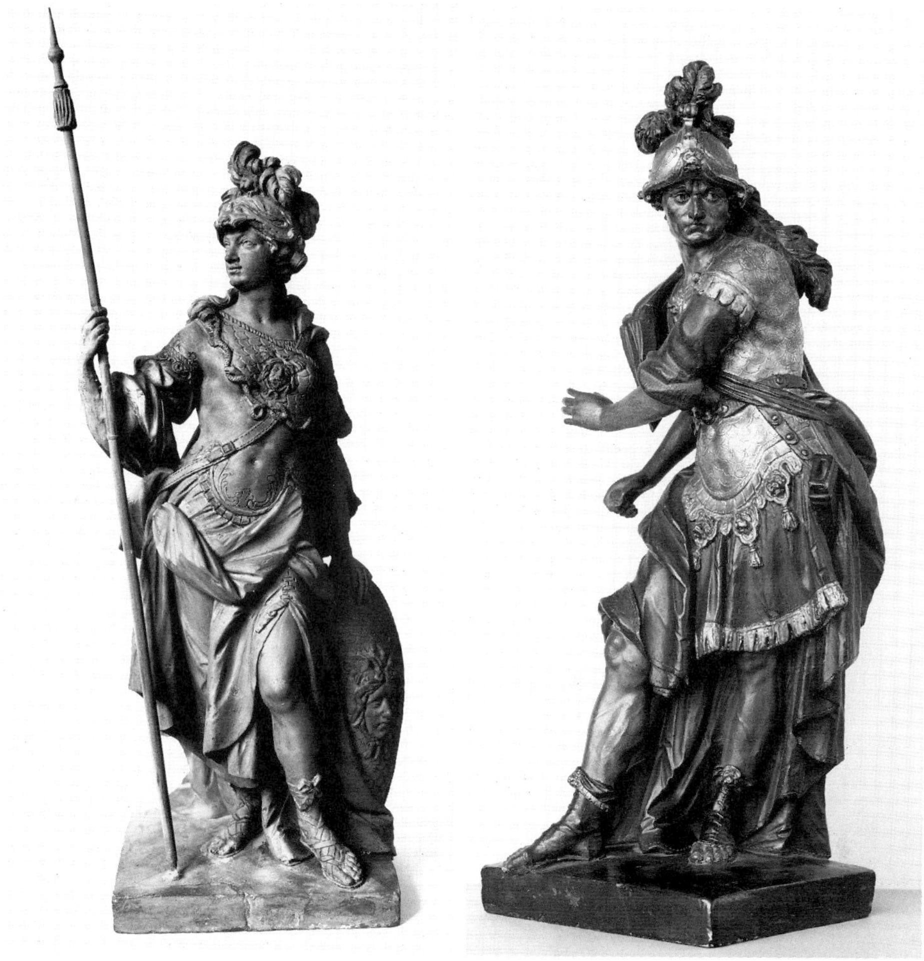

Tonbozzetti der auf der linken Seite gezeigten Figuren: links Pallas, Nürnberg, Germanisches Nationalmuseum; rechts Mars, Berlin, Staatliche Museen Preußischer Kulturbesitz, Skulpturengalerie

träglich. Die Monumente des Mars sind im Alterthume nicht so zahlreich, als die Vorstellungen der Minerva, des Apollos . . .“[46], trotzdem müsse aber der Künstler versuchen, den Mars mit den richtigen Attributen auszustatten.

Bei der Ausführung des Mars hielt sich Boos – der Beschreibung zufolge – an das vorgegebene Modell Günthers und ersetzte lediglich – er kannte den Kommentar Lipperts, da er die Augsburger Kunstzeitung für die Münchener Akademie abonniert hatte – die von diesem kritisierten modernen Waffen durch einen Schild. Frontal betrachtet, entsteht bei Mars durch das schwer belastete linke Standbein und die breite Schrittstellung ein Bewegungskontrast zwischen Ober- und Unterkörper. In der Seitenansicht scheint Mars energisch auszuschreiten, und zwar ist jener Moment festgehalten, wo sich das Gewicht auf das vorgestellte rechte Bein verlagert. Hier gleicht die Statue in ihrer Haltung dem nackten Mars des Giambologna, mit Ausnahme des angewinkelten linken Armes, der bei der Bronzestatuette Giambolognas, wie zum Schwung ausholend, gestreckt nach vorne in den Raum ausgreift.

Es wäre durchaus möglich, daß Günther einen Stich nach Giambolognas Mars kannte, der seit dem beginnenden 17. Jahrhundert immer wieder reproduziert wurde. Günthers reges Interesse für spätmanieristische Plastik ist durch seine Zeichenstudien vom Grabmal Ludwigs des Bayern in der Münchener Frauenkirche erwiesen, dessen Fahnenträger an den Ecken unverkennbar die Handschrift des Giambologna-Schülers Hubert Gerhard zeigen.

Das Tonmodell von Boos in Berlin deutet zwar eine spiralförmige Bewegung, die Günthers nicht erhaltenes Stuckmodell als stilistisches Relikt des Giambologna-Mars mit Sicherheit besessen hat, noch an, bei der Marmorausführung des Mars aber sind die Ansichten klar bestimmt und in ihrer Gegensätzlichkeit streng voneinander getrennt. In diesem Kontrast der Ansichten – von vorne eine kontrapostische Haltung, von der Seite eine ausgreifende Schreitbewegung – kündigt sich im Nymphenburger Garten das Ende mehransichtiger Figuren an, und die weiteren Statuen von Boos werden sich mit Ausnahme des Merkur als frontalansichtige, anschaulich statuarische Erscheinungen präsentieren.

Die schon bei der Amphitrite beobachtete Verhärtung Güntherscher Oberflächenbehandlung läßt sich sowohl bei Mars als auch bei der Statue der *Pallas* feststellen. Auch dieses Stuckmodell von Günther beschrieb Lippert in der Augsburger Kunstzeitung: „Was nun die Pallas anbetrift, so stehet sie in einer ihrer Weisheit gemäßen jungfräulichen Gesichtsbildung dem Mars gegenüber, so, wie sie auch alle Zeit von den Alten ist vorgestellet worden. In der rechten Hand hält sie den Spies, den sie auch bey allen Dichtern führt, besonders wenn sie die kriegerische Minerva schildern ... In der Linken hält sie den Medusenkopf und auf der Brust die Aegide, die sie bey den Alten nicht allemal hat ... Auf dem Helme ist der Sphinx nebst dem gewöhnlichen Federbusche. Unten bey dem Spieße liegen nebst einer stehenden Nachteule zwey Bücher, welche die Bau- und Kriegskunst bedeuten sollen. Wir möchten auch wohl wissen, ob es moderne Bücher sind. Denn die Alten hatten keine Bücher, keine Dinte und keine Feder. Hoffentlich werden es Volumina seyn. Doch wir müssen einmal aufhören, und uns erinnern, daß wir keine Abhandlung sondern nur eine Recension schreiben“[47].

Auch hier kritisiert Lippert den Anachronismus der Bücher bei einer antiken Göttin. Boos verzichtete bei der Ausführung der Pallas auf die Bücher und versetzte die Eule hinter den Schild. Ansonsten hielt er sich jedoch offenbar strikt an das Modell, das im Aufbau schon wesentliche Merkmale der sog. Bellona (Bayerisches Nationalmuseum) vorwegnimmt, die Günther wenig später, gegen 1772, aus Lindenholz schnitzte.

In einem späteren Gesuch um Bezahlung für seine Arbeit an Venus und Merkur führt Boos Mars und Pallas als eigene Werke an. Zu Unrecht, denn er erledigte – das beweist die Beschreibung Lipperts – nur die Ausführung in Marmor nach den nicht erhaltenen Stuckmodellen Günthers.

Merkur und Venus

Bei der Ausführung des Paares von Merkur und Venus scheint die Abhängigkeit von vorgegebenen Modellen gewichen zu sein. Günther lieferte 1773 nur Bozzetti, und von einer Bezahlung oder gar Aufstellung originalgroßer Stuckmodelle ist nirgendwo die Rede. Die stilistischen Unterschiede zu Mars und Pallas ergeben sich deshalb auf den ersten Blick.

Merkur mit Flügelschuhen und -kappe ist zwar noch in beschwingter Schrittstellung dargestellt, doch tritt bei ihm im Vergleich zu Mars und Pallas das Beiwerk in den Hintergrund. Er ist bis auf den seitlich ausschwingenden Mantel nackt und hält in der Rechten den Caduceus. Mit dem Zeigefinger der linken Hand weist er nach rechts. Ihm zu Füßen sitzt ein Hahn, das Attribut des gallischen Merkurius.

Der Nymphenburger Götterbote erinnert in einigen Details an Giambolognas berühmten Bronze-Merkur, dessen vergoldete Replik im Grottenhof der Münchener Residenz Boos sicherlich kannte. Dafür spricht die für Giambologna so typische Haltung der linken Hand mit vorgestrecktem Zeigefinger oder der aus dem ausschwingenden Mantel resultierende Eindruck, Merkur sei gerade gelandet, der jedoch bei Boos sofort wieder dadurch aufgehoben wird, daß sich Merkur auf einen Baumstamm stützt und somit das statuarische Moment betont. Also auch hier, wie bei der Statue des Mars, Gegensätze bei der Betrachtung von verschiedenen Standpunkten: von vorne ein aus dem Stützmotiv resultierendes Stehen

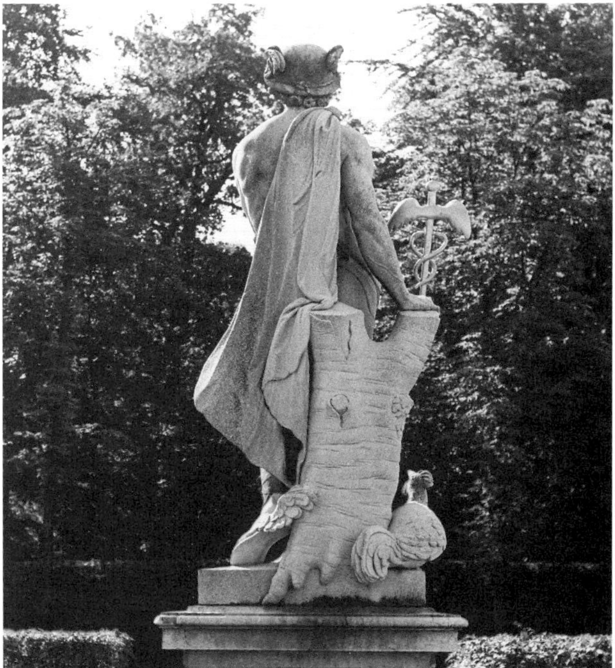

Merkur, auf einen Baumstamm gestützt, Rückenansicht

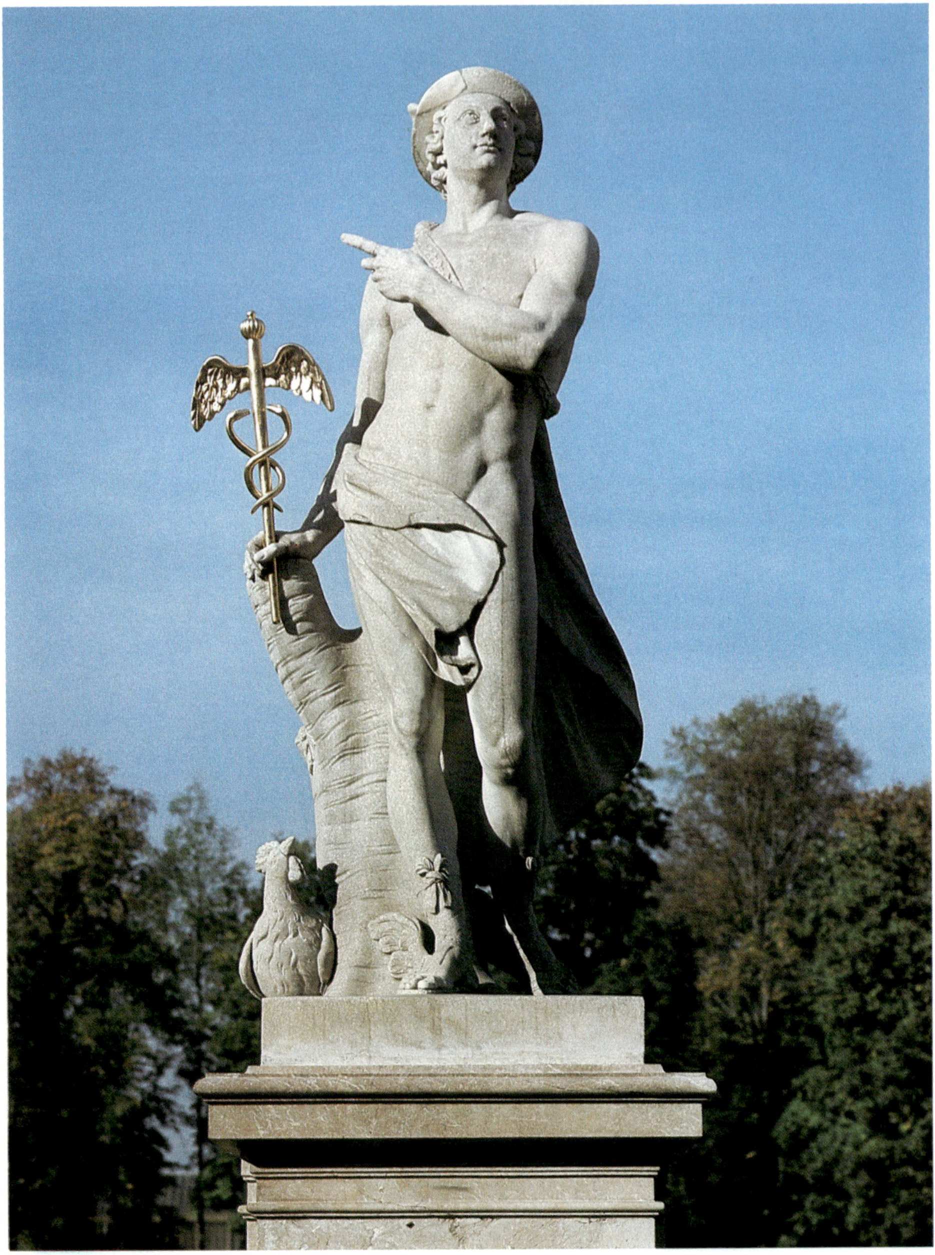

◁ *Der Götterbote Merkur im Nymphenburger Schloßpark*

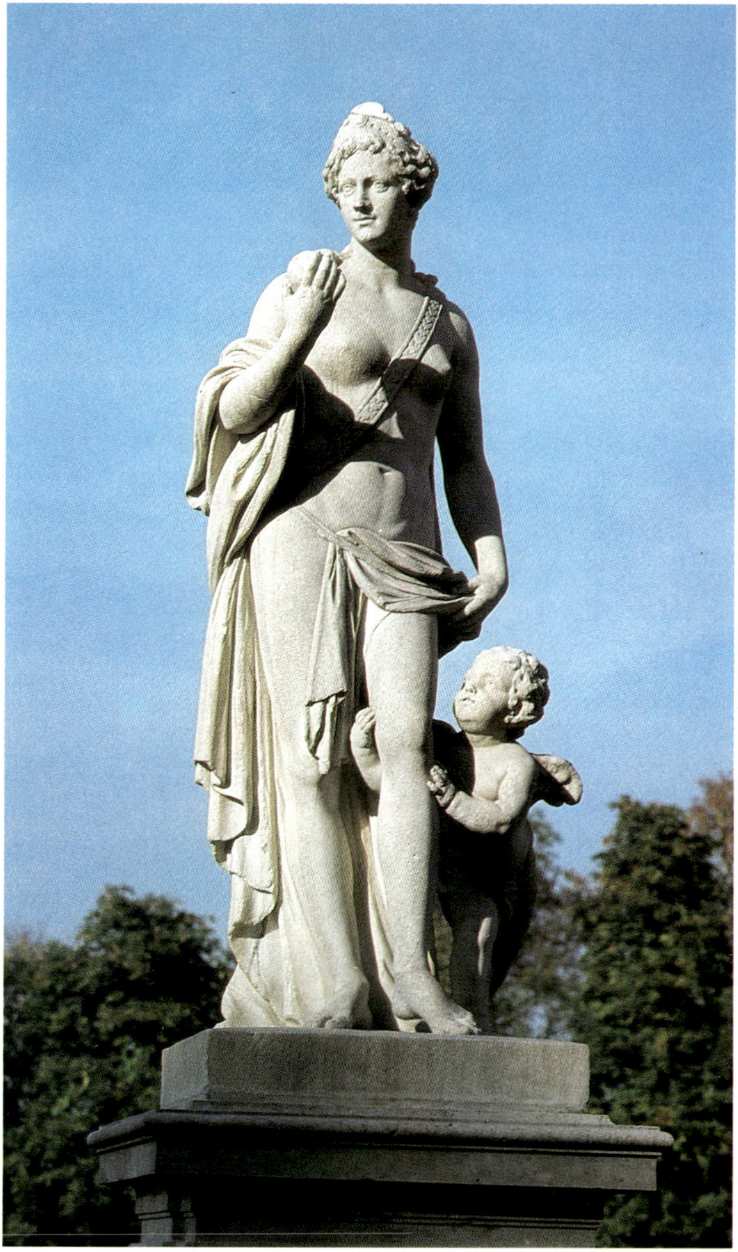

Venus mit Cupido, Nymphenburger Schloßpark

und von der rechten Seite eine eher schwebende, leichtfüßige Haltung. Sowohl bei Mars als auch bei Merkur liegt die Ursache für diese Ambivalenz im Rückgriff auf manieristisch-florentinische Leitbilder, deren Hauptmerkmal, eine spiralförmige, ziellose Bewegung, allerdings nicht mehr angestrebt wurde.

Im Vergleich zu Merkur erscheint die Bewegung der *Venus*-Statue zurückgenommen. Sie steht ruhig in einem ausgewogenem Kontrapost. In der hochgehobenen Rechten hält sie den Erisapfel und in der gesenkten Linken den mit zwei Bändern an Schultern und Hüften befestigten Mantel, der den Rücken hinabfällt und an der linken Seite, um den Ellenbogen geschlungen, wieder zum Vorschein kommt. Das lockige, auf die Schultern fallende Haar ist mit Diadem und Perlenband geschmückt. An das linke Bein der Liebesgöttin schmiegt sich ein geflügelter Amor.

Leitbilder für die Venus dürfte Boos dem damaligen Standardwerk von Stichen antiker Kunstwerke, der ‚Teutschen Academie' von Joachim von Sandrart, entnommen haben, das erstmals 1679 in Nürnberg erschienen war und dort von Johann Jacob Volkmann 1768–1775 neu herausgegeben wurde. Ein Gemmenabdruck der Venus z. B.[48] stimmt bis auf die Haltung des linken Armes mit der Nymphenburger Statue überein. Auch der Amor ist bei beiden sehr ähnlich dargestellt. Der um den rechten Oberarm gelegte Mantel ist eine selbständige Beifügung von Boos, ebenso der Apfel in der Rechten, in der die antike Venus Pfeile hält.

Im Vergleich zu älteren Nymphenburger Statuen, dem Neptun von G. de Grof beispielsweise, dominiert bei Merkur und Venus eine flächigere, weniger durchmodellierte Körperbehandlung. An der Bauchpartie der Venus und am Oberkörper des Merkur lassen sich zwar deutlich voneinander abgesetzte Muskelpartien beobachten, doch erfassen sie nur die Körperoberfläche. Es fällt auf, daß auf die Darstellung innerer Bewegtheit und körperlicher Gespanntheit durch kontrahierte Muskeln oder hervortretende Adern und Sehnen weitgehend verzichtet wurde. Darauf beruht die Unsinnlichkeit der Erscheinung, die besonders für die Statue der Venus kennzeichnend ist. Doch durch die Ausgewogenheit ihrer Haltung zählt diese Statue zu den qualitätvollsten Arbeiten von Boos im Nymphenburger Garten, auch wenn der Gesichtsausdruck herb, fast männlich wirkt. Bei Merkur bleibt die Mimik einem barocken Pathos verhaftet.

Bacchus, Ceres, Diana und Apollo

Im Jahr 1781 bat Boos um Auftragserteilung für die Statuen von Bacchus, Ceres, Apollo und Diana, die zunächst von Hagenauer ausgeführt werden sollten, der auch 1768 die vier Stuckmodelle in Originalgröße im Garten aufgestellt hatte. Doch nur bei zwei Statuen, Apollo und Diana, kann eine Ausrichtung an den nicht erhaltenen Modellen Hagenauers angenommen werden. 1782 waren Bacchus und Ceres, 1785 Apollo und Diana fertiggestellt, für die Boos – wie für alle Nymphenburger Statuen – jeweils 1000 fl erhielt.

Bacchus stützt sich mit dem linken Ellenbogen auf einen Baumstumpf und hält in der Rechten einen Weinkelch, dem er sein Gesicht zuwendet. Das um die Schultern befestigte Pantherfell fällt den Rücken hinab. An seiner linken Seite steht ein Satyrknabe, der sich nach einer Weintraube in der Hand des Bacchus reckt.

In seiner Haltung kommt der Weingott einer Merkur-Darstellung aus Sandrarts ‚Academie' nahe, die dessen Angaben zufolge von François Duquesnoy stammt[49]. Dieser Merkur

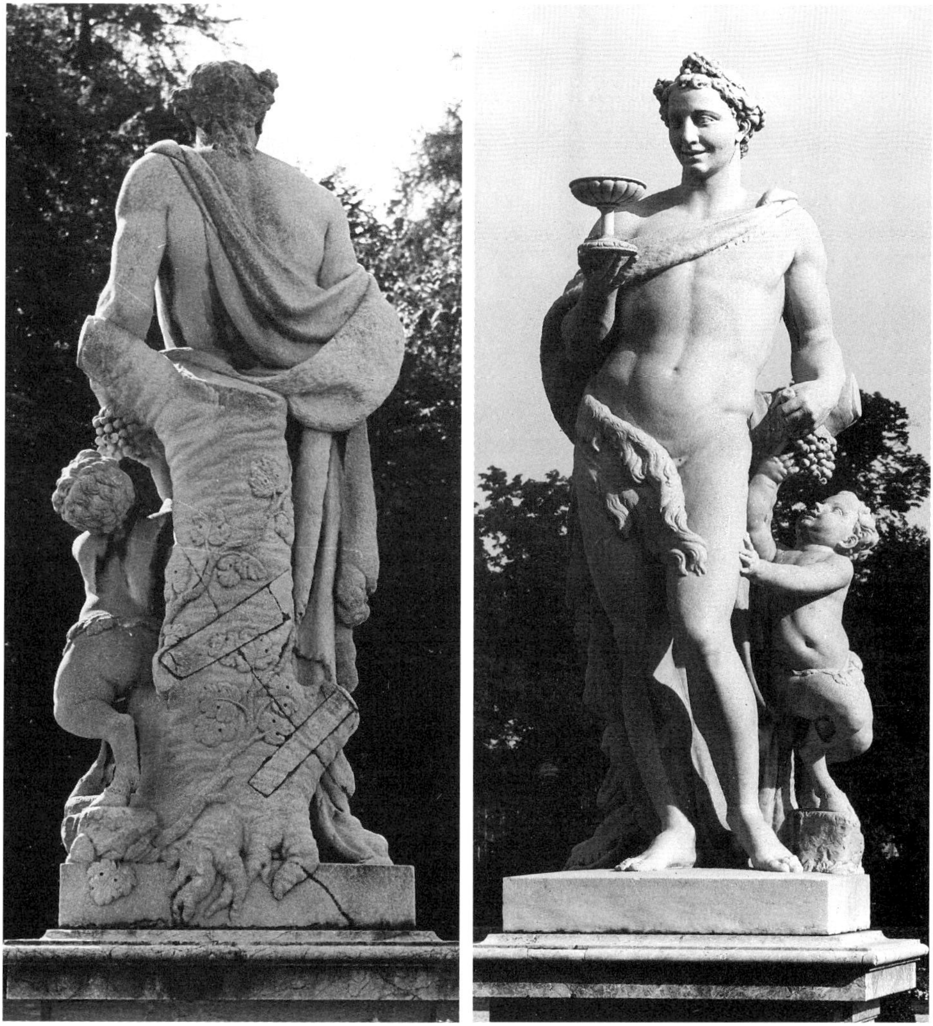

Figur des Bacchus, Nymphenburger Schloßpark

lehnt sich mit dem Oberkörper weit zurück und stützt sich ganz ähnlich wie der Nymphenburger Bacchus mit der Linken auf einem Baumstumpf. Den Kopf wendet er einem ihm links zu Füßen sitzenden Amor zu, der ihm die Flügelschuhe anlegt. In der erhobenen Rechten hält er den Heroldsstab.

Am nächsten kommt Bacchus einer Variation dieser Merkur-Komposition: einer Bronze-

Merkur, Bronzestatuette von François Duquesnoy. Vaduz, Sammlungen des regierenden Fürsten von Liechtenstein

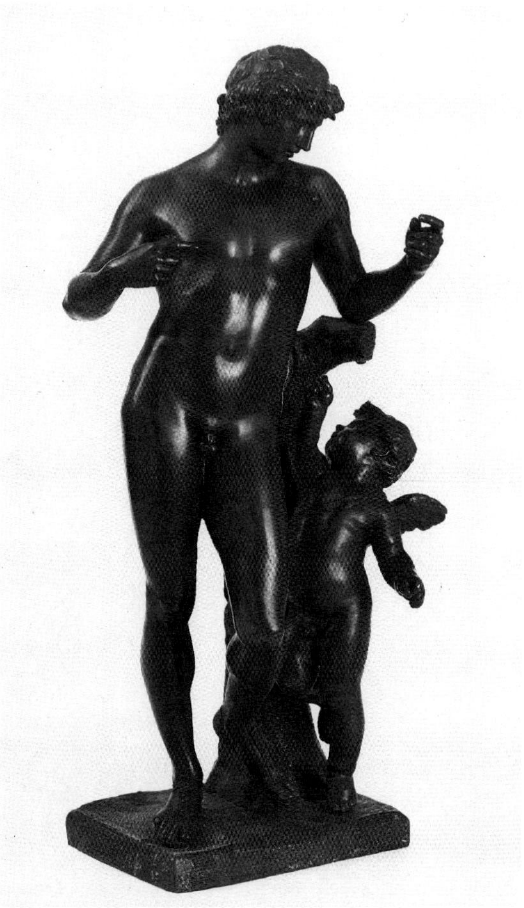

Zwei Bacchus-Modelle: links Ton, rechts Holz. Augsburg, Städtische Kunstsammlungen ▷

statuette von Duquesnoy in der Galerie Liechtenstein (Vaduz), die einen Apollo oder Bacchus darstellt. Boos kannte sie vermutlich von einer Stichvorlage. Die Haltung entspricht jener der Nymphenburger Statue, der Kopf ist jedoch dem Amor zugewandt, der sich nach etwas (einer Traube?) streckt, das ‚Apollo-Bacchus' ursprünglich in der linken Hand hielt. Bei der Nymphenburger Statue ist Amor zum Satyrknaben geworden, der eine Weintraube zu fassen versucht. Der Weinkelch in der Rechten des Bacchus war vermutlich auch bei Duquesnoys Statuette vorhanden, die Handhaltung spricht dafür. Boos vermied die durch den Blickkontakt des ‚Apollo-Bacchus' mit Amor verursachte barocke Spannung, indem er den Kopf des Bacchus fast geradeaus richtete und damit die Frontalansichtigkeit der Statue unterstrich. Im Vergleich zu der Nymphenburger Statue des Merkur ist der Körper, einem

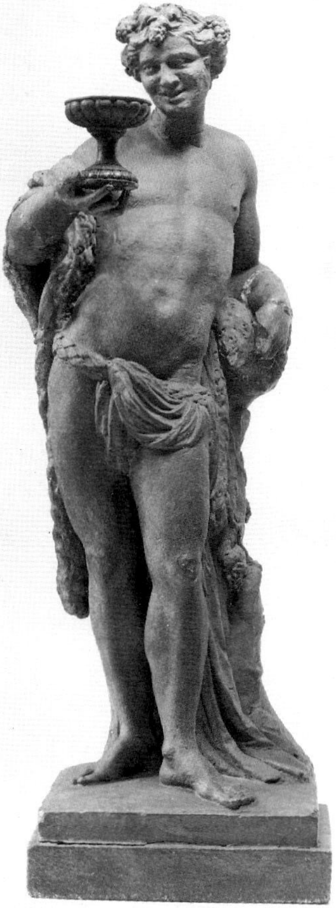

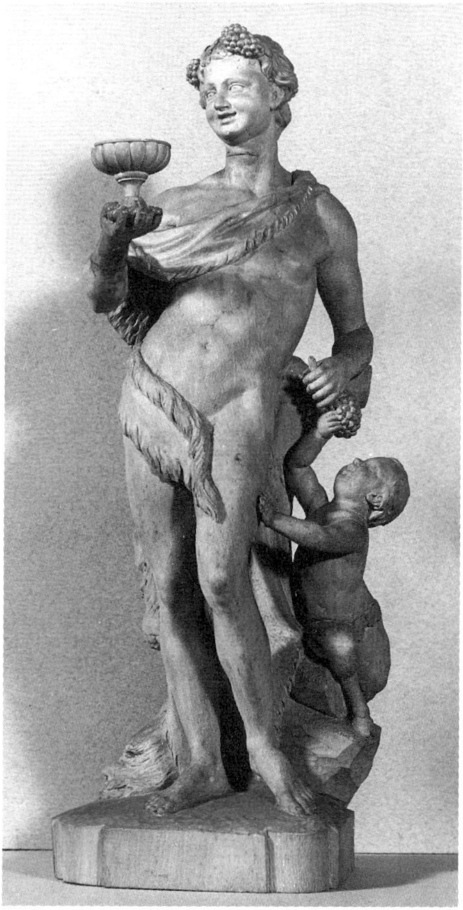

Bacchus angemessen, fülliger geworden, wodurch die bei Merkur und Venus leicht abgesetzten Muskelpartien weichere Übergänge erfahren.

Im Maximilianmuseum in Augsburg haben sich zwei Modelle zu Bacchus erhalten. Das eine entspricht exakt der ausgeführten Statue, das andere dagegen ist vermutlich eine vorausgehende Studie. Die Bewegungen sind ausgeprägter, ebenso das Stützmotiv. Der Baumstumpf ist von Weinlaub umrankt. Der Satyrknabe fehlt. Dieses Modell erinnert auffällig an einen marmornen Bacchus von Duquesnoy in der Galleria Doria Pamphili in Rom (ebenfalls eine Variation der Merkur-Komposition) und liefert den Beweis, daß sich Boos mit den Werken dieses als Barockklassizist bezeichneten Zeitgenossen von Gianlorenzo Bernini beschäftigt haben muß[50].

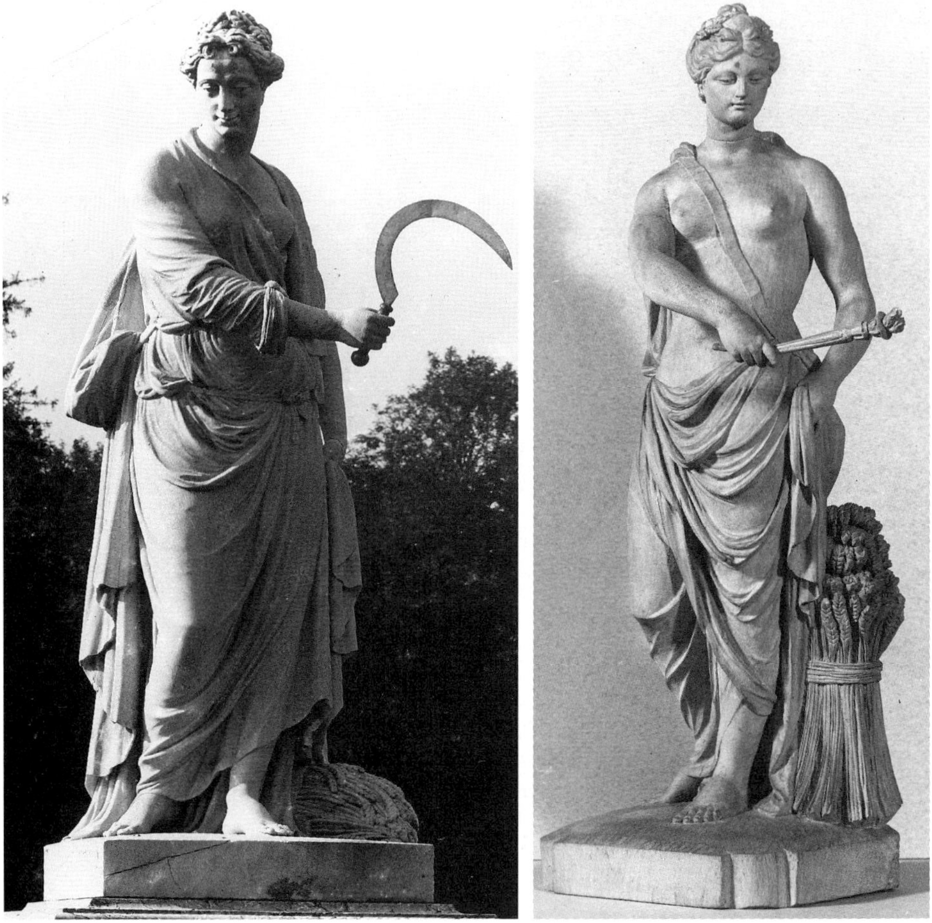

Ceres mit Ährenbündel: links Marmorfigur im Nymphenburger Schloßpark; rechts Modell aus Holz. Augsburg, Städtische Kunstsammlungen

Im Gegensatz zu dem fast nackten Bacchus trägt *Ceres* ein dünnes, an der Hüfte gegürtetes Gewand und einen um die Schulter gelegten Mantel, den sie mit der linken Hand aufgenommen hat. In der Hand des herausgreifenden rechten Armes hält sie eine Sichel.

Ceres scheint in ihrer Gesamthaltung einer Ceres-Darstellung aus Sandrarts ‚Academie' nachgebildet zu sein[51], während die Kopfhaltung und der über die ganze Breite des Körpers beigezogene Arm wiederum an ein Werk von Duquesnoy erinnern: an die Marmorstatue der S. Susanna[52]. Im Unterschied zu beiden möglichen Leitbildern taucht die Palla, welche die Nymphenburger Ceres mit der linken Hand rafft, nur in ihrem Umriß auf. Die in schmalen Falten eng am Körper anliegende und an den Hüften gegürtete Stola verhüllt einen im Vergleich mit Venus massigeren Körper. Auch Ceres besitzt fast männliche Gesichtszüge, die durch den hohen Haaransatz noch betont werden.

Die mit leicht überzogenem Kontrapost dargestellte *Diana* trägt eine um die Hüften gewickelte Chlamys, einen auf der nackten Brust gebundenen Mantel und einen Köcher auf dem Rücken. Die rechte Hand ruht auf dem Hals ihres Jagdhundes, der sich an ihrem Oberschenkel aufgerichtet hat. In der heute zu ergänzenden linken Hand hielt sie ursprünglich einen Bogen. Neben der Göttin liegt auf der Plinthe ein Eberkopf. Am Halsband des Hundes steht die Signatur: R. A. BOOS.

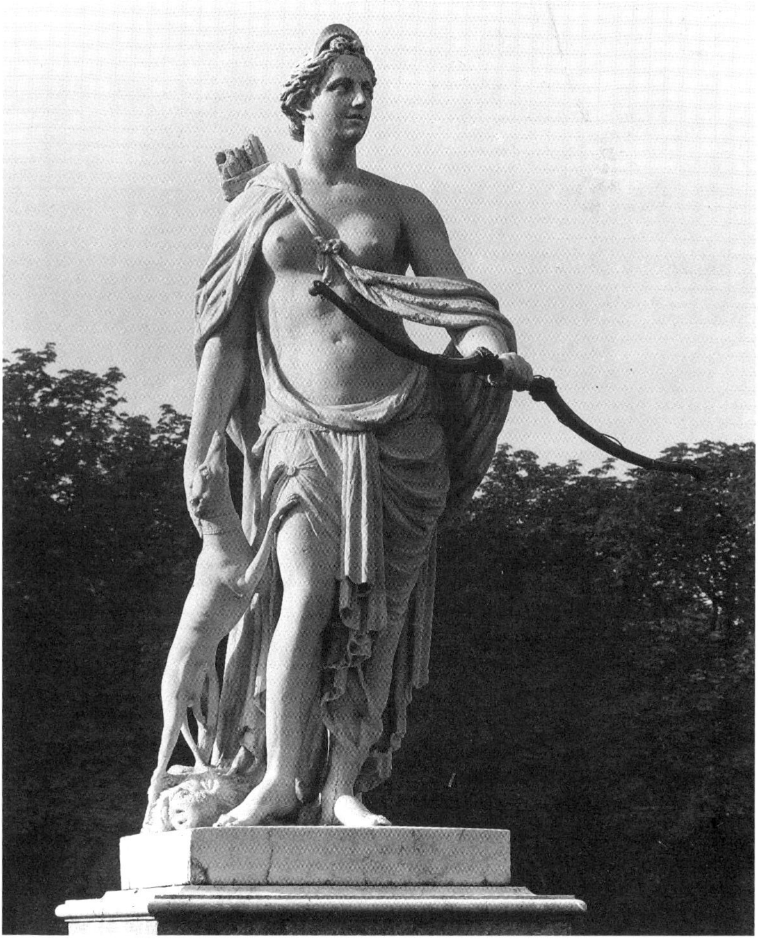

Diana, Schloß Nymphenburg, Gartenparterre

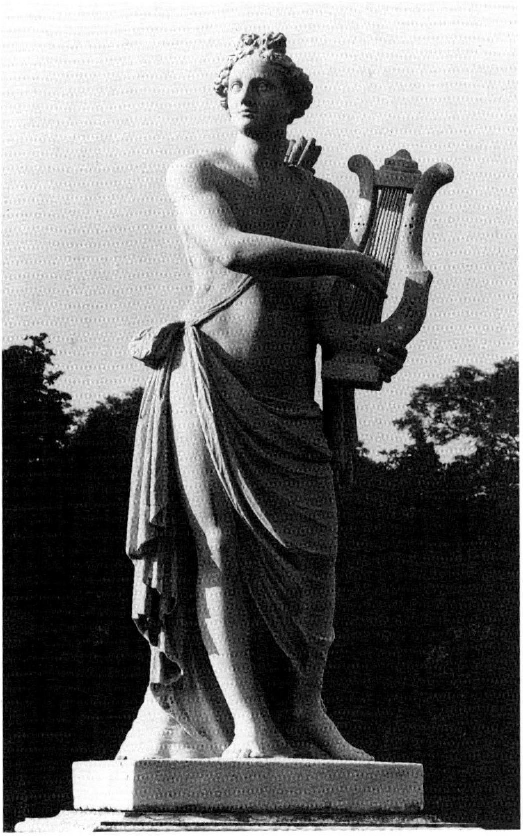

Apollo mit Lyra, Schloß Nymphenburg, Gartenparterre

Für Diana wurde ein Vorbild transponiert, das auch für die nur wenig früher entstandene Schönbrunner Gartenstatue der Jagdgöttin von Johann Baptist Hagenauer festgestellt werden kann: die Statue ‚Le Soir' (Diana), von Martin van den Bogaert, gen. Desjardins, im Park von Versailles nach der Vorlage von Simon Thomassin geschaffen, dessen Stichwerk ‚Recueil des Figures, Groupes, Thermes, . . . de Versailles' (1695–1708) im Jahr 1710 in Augsburg auf deutsch erschien. Ignaz Günther besaß ein Exemplar, und wahrscheinlich hatte auch Boos davon Kenntnis[53].

Die Laufbewegung der Versailler Diana ist bei der Nymphenburger zum Standmotiv verwandelt. Das Gewand legt sich in kleinteiligen Längs- und Querfalten eng dem Körper an, wobei die Stofflichkeit kaum berücksichtigt wird. Die weiche Körpermodellierung läßt die durch eine stärkere Binnenzeichnung angedeutete Plastizität der Venus vermissen. Diana erscheint dadurch wuchtig und massig, besonders an den bekleideten Körperteilen, und stimmt darin mit Ceres überein.

Ihr Bruder *Apollo*, in eleganter Schrittstellung, ebenfalls mit Chlamys und Köcher ausgestattet, hält im linken Arm eine Lyra, deren Seiten er mit den Fingern der rechten Hand spielt. Auch Apollo läßt sich auf eine Versailler Gartenstatue, die ‚Poème Lyrique' von Jean Baptiste Tubi, zurückführen[54], mit der er in der Haltung des Oberkörpers exakt übereinstimmt. Doch das bauschige Faltenarrangement der Chlamys, das im Stich von Thomassin noch besonders betont ist, wurde beim Nymphenburger Apollo zum entspannten, schmalen Gefältel und die tänzerische Beinstellung zum beruhigten Kontrapost. Das Haar erinnert an das des Apollo vom Belvedere, den Boos z. B. aus Sandrarts ‚Teutsche Academie' kennen konnte[55].

Leitbilder und Darstellungsmittel

Es fällt auf, daß diejenigen Nymphenburger Gartenstatuen von Boos, die am wenigsten von vorgegebenen Modellen anderer Künstler beeinflußt scheinen, also Merkur, Venus, Bacchus, Ceres, aber auch Apollo und Diana, von Leitbildern geprägt sind, die den besonders von Winckelmann erhobenen Forderungen nach weniger Bewegungsreichtum zugunsten einer anschaulicheren statuarischen Form entsprechen. Bekanntlich hatte Johann Joachim Winckelmann die antike Kunst, vor allem die griechische, zum absoluten, aber nie mehr erreichbaren Maßstab erklärt.

In Sandrarts ‚Teutscher Academie' standen Stiche nach römischen Originalen zur Verfügung, in Thomassins ‚Recueil des Figures . . . de Versailles' Stiche nach Kopien oder freien Interpretationen antiker Kunstwerke, die fast alle zur Zeit Ludwigs XIV. entstanden waren. Die Kunst unter Ludwig XIV., genauer die Ära des Akademiedirektors Charles Lebrun, genoß im letzten Drittel des 18. Jahrhunderts im allgemeinen hohe Anerkennung. Man sah in diesen Kunstwerken, vor allem auf dem Gebiet der Skulptur, eine erfolgreich praktizierte Nachahmung des antiken Schönheitsideals, weshalb man den Statuen im Park von Versailles Vorbildlichkeit zugestand. Das gleiche galt auch für die Werke von François Duquesnoy.

Die Wertschätzung dieser quasi klassizistischen Skulpturen sollte einmal unter dem Gesichtspunkt betrachtet werden, daß der durch sie vorgestellte und allseits anerkannte Versuch einer Verwirklichung des antiken Schönheitsideals für einen Künstler wie Boos, der kaum römische Originale zu Gesicht bekommen konnte und primär in praxisorientierten Dimensionen, wie Ansichtigkeit, Bewegung, Proportionierung, Oberflächenbehandlung usw., dachte, weitaus besser nachvollziehbar war als die abstrakte Idealisierung durch zeitgenössische Literaten, allen voran Winckelmann.

Boos' spätere Nymphenburger Gartenstatuen bringen unmißverständlich zum Ausdruck, daß er der generell geforderten Abkehr von barocken Traditionen Rechnung tragen wollte. Um dem ästhetischen Ideal, das von der antiken Kunst verkörpert wurde, gerecht zu werden, bedurfte es vor allem einer grundsätzlichen Veränderung im Formalen. Das hatte zur Folge, daß die antiken Vorbilder nicht in ihrer Ganzheit, sondern eher nur in ihren formalen Qualitäten begriffen wurden. Gerade Stichwerke nach antiken Originalen boten die Möglichkeit, eine Vielzahl von Abbildungen auf ein bestimmtes Motiv hin zu untersuchen. Sie wurden gleichsam als Handbücher für gelungen komponierte Statuen benützt, die durch die Transposition in die Zweidimensionalität auf ein einziges, meist überzeichnetes Motiv fixiert waren. Sie schufen die Basis für die Reproduzierbarkeit des antiken Motivschatzes in einem stärkeren Ausmaß als Gipsabgüsse, die nur in geringer Anzahl vorhanden und meist auf Protobeispiele (Laokoon, Apollo vom Belvedere, mediceische Venus etc.) beschränkt waren. Diese Abgüsse dienten im Rahmen der Ausbildungsstätten vor allem Studienzwecken und weniger der Weiterverwendung für ‚selbständige' Werke, als die Boos seine Statuen fraglos ansah.

Neben der rein formalen Abhängigkeit von antiken oder ihnen fast ebenbürtigen barockklassizistischen Kunstwerken (Versailler Gartenplastik, Werke von Duquesnoy) fällt bei den Nymphenburger Statuen von Boos das absolute Fehlen psychischer Ausdrucksmomente auf, das selbst der von idealisierter Schönheit begeisterte Winckelmann kritisiert hätte. Für Winckelmann galt jedes einzelne antike Kustwerk als einmalig und unwiederholbar, da sein äußeres und inneres Wesen für ihn in einer absolut zwingenden gegenseitigen Wechselbeziehung stand. Doch vom Standpunkt des praktizierenden Künstlers aus wäre allein der Versuch, Winckelmanns Vorstellungen zu verwirklichen, absurd gewesen. Boos wäre dadurch in einen fatalen Konflikt geraten zwischen dem Wissen um die Vollkommenheit der antiken Kunst und der Verwirklichung der eigenen Fähigkeiten.

Als Resultat des Studiums antikischer Stichvorlagen können deshalb bei den ab 1778 entstandenen Nymphenburger Gartenstatuen nur Äußerlichkeiten erwartet werden:

- Eine stärkere Betonung der Einansichtigkeit (Venus und Apollo) im Vergleich zu älteren Statuen (Mars und Pallas).
- Eine neue, die Stofflichkeit einschränkende Gewandauffassung. In schmalen Falten klebt das Gewand ‚naß' am Körper[56]. Der Unterschied wird sichtbar bei einem Vergleich des Gewandes der Pallas mit seinen kräftigen Falten – das Gewand führt hier nicht zuletzt aufgrund der durch eine spezifische Oberflächenbehandlung vorgestellten Stofflichkeit ein stärkeres Eigenleben – und jenem der Ceres, das in dünnen, schmalen Falten am Körper haftet. Das Unruhige, Knittrige ist einer glatten, unstrukturierten Oberfläche gewichen.
- Eine Objektivierung des Ausdrucks durch eine Verallgemeinerung der Gesichtszüge. Fast alle Statuen besitzen die gleichen herben und ausdrucksarmen Gesichter im Unterschied zu den älteren Nymphenburger Gartenstatuen, etwa Kybele und Saturn von Marchiori, die durch individuelle Momente näher charakterisiert werden.
- Die Vorliebe für Aktfiguren, die sich – wie etwa ein Vergleich zwischen Venus und Ceres zeigt – qualitativ von den Gewandfiguren abheben.

Direkte Vorbilder für die in den Aktfiguren der Venus, des Merkur oder des Apollo vorgestellte Körperbehandlung lassen sich nur schwer fassen. Man muß dabei berücksichtigen, daß Boos weder Italien noch Frankreich bereiste und nur Wien und den bayerischen Raum mit seinen wichtigsten Kunstzentren München und Augsburg kannte. Er war bei Anton Sturm, einem der bekanntesten Allgäuer Spätbarockbildhauer, in die Lehre gegangen, die er dann in München bei Johann Baptist Straub fortsetzte. Sowohl bei Sturm als auch bei Straub herrschte die Gewandfigur vor, wobei das Gewand als Ausdrucksträger eine wesentliche Rolle spielte. Aktfiguren, außer zu Übungszwecken, findet man im Œuvre von beiden höchstens bei Engeldarstellungen. Daneben konnten weder Sturm noch Straub Boos eine fundierte Ausbildung in der Technik der Steinbearbeitung ermöglichen, da beide ihre Werke fast ausschließlich in Holz schufen.

Sowohl die Vorliebe für Aktfiguren als auch die Kenntnis der Steinbearbeitung resultiert aus der Weiterbildung an der Wiener Akademie, wo Boos wohl auch erstmals auf den Nutzen antikischer Stichvorlagen hingewiesen wurde. Wie sehr er vom akademischen Betrieb und von der Effizienz dieses Ausbildungsprogrammes überzeugt war, zeigen die Nymphenburger Statuen von Venus, Merkur und Bacchus. Ihre Körper wirken akademisch nüchtern durchkonstruiert, fast frei von sinnlichen Werten. Die im formalen Aufbau angestrebte Objektivierung sollte auch in den Darstellungsmitteln ihre Entsprechung finden. Anatomische Korrektheit war das oberste Ziel, das Boos im Rahmen der 1770 gegründeten Münchener Akademie durch das Studium am lebenden Modell und mit Hilfe der anatomischen Figur von J. M. Fischer zu verwirklichen suchte.

Eine stilistische Einflußnahme auf diese Art von Körperauffassung fand wohl weniger durch die Wiener Plastik statt – hier wären vor allem die Werke Raphael Donners zu nennen –, sondern durch die spätmanieristischen bronzenen Brunnenfiguren in Augsburg, die Boos während seines Aufenthalts dort sicherlich studiert hatte. Dabei dürften am ehesten die Figuren des Merkur- und Herkulesbrunnens (1596–1599 bzw. 1596–1602) von Adrian de Vries, einem Schüler Giambolognas, vorbildhaft gewirkt haben; wogegen die Figuren des Augustusbrunnens (1589–1594, errichtet 1600) von Hubert Gerhard besser als Leitbilder für Straub und besonders Günther geeignet waren: „Verglichen mit den natürlichen Haltungen und abgerundeten Bewegungen der Najaden am Herkulesbrunnen, tritt das Preziöse und Stilisierte in den Erscheinungen der Beckenrandfiguren am Augustusbrunnen deutlich zutage“[57]. Boos dagegen wollte ja gerade das „Preziöse und Stilisierte“ überwinden.

Mit den Werken von de Vries, z. B. der Figur des Merkur, haben die Nymphenburger Statuen von Venus, Merkur und Bacchus nicht nur die allein aus der Bewegung motivierte Körpermodellierung gemein, sondern auch den Verzicht auf eine sinnlich realistische Darstellung und auf eine differenzierte, lebendige Mimik. Der für die Gesamtwirkung entscheidende Unterschied zu de Vries liegt in der Einschränkung des Bewegungsreichtums zugunsten einer Betonung der Frontalansicht, die Boos zum Teil kompromißlos zu verwirklichen suchte.

Bei den späteren Statuen von Diana und Apollo läßt sich eine zunehmende Aufweichung der Körpermodellierung feststellen, die bei Apollo ihren Höhepunkt erreicht, dessen Körper beinahe nur mehr in seinen Umrissen geformt erscheint. Die durch Apollo vorgestellte Körperauffassung ist wohl als eine Reaktion auf die zuerst von Winckelmann formulierte Forderung nach einer ‚Entsinnlichung‘ der Skulptur zu werten[58].

Die Aufstellung der Statuen

Die 16 Götterstatuen standen ursprünglich an den Seitenwegen des Nymphenburger Gartenparterres „zwischen hohen parallel laufenden Bäumen, hinter welchen eine lange, hohe lebendige Wand gezogen ist“[59].

An den Umfassungsmauern der großen Kaskade befanden sich Äolus und gegenüber

Flora, dann Herkules und Minerva und zuletzt die Flußgötter ‚Donau‘ und ‚Isar‘, die Giuseppe Volpini und seine Werkstatt geschaffen hatten. Die von 1718 bis 1723 entstandenen Statuen des Herkules und der Minerva standen ursprünglich im Parterre des Schleißheimer Schloßgartens vor der ‚Herkules‘- und ‚Pallas‘-Seite, wie die Schloßflügel mit den Appartements des Kurfürsten bzw. der Kurfürstin genannt wurden. Die Bezeichnungen der Schloßseiten besagen unmißverständlich, daß die beiden Statuen auf das Kurfürstenpaar anspielen sollten[60].

Im Zuge der Umwandlung in einen englischen Landschaftsgarten (1804–1823) wurde auch das Parterre des Nymphenburger Gartens verändert[61]. Die Brunnenanlagen mit den Bleiskulpturen von G. de Grof verschwanden. Die Statuen wurden aus den Seitenwegen entfernt und folgendermaßen neu aufgestellt: jeweils zwei Statuen an den vier vorderen, größeren Rasenflächen und je eine an den vier Längsseiten der zwei hinteren Grünflächen, so daß insgesamt zwölf Statuen im Parterre stehen. Die restlichen vier (Pallas, Mars, Neptun und Amphitrite) versetzte man an die große Kaskade.

Zum Programm der Statuenfolge

Um die Rangordnung der 16 Hauptgottheiten des Olymps, die Kurfürst Max III. Joseph bereits seit 1755 für seinen Garten in Nymphenburg vorsah, zusammenstellen zu können, bedurfte es keiner großartigen mythologisch-philologischen Kenntnisse. Einschlägige Werke, wie z. B. Benjamin Hederichs ‚Gründliches mythologisches Lexikon‘ (Leipzig 1724) oder Johann Adolph Schlegels ‚Erläuterung der Götterlehre . . .‘ (Leipzig 1754–1766), gaben darüber ausführlich Auskunft.

Die Folge begann in der ursprünglichen Aufstellung mit der Erdgöttin und Göttermutter Kybele und ihrem Bruder und Gemahl Saturn, der von seinem Sohn Jupiter entthront wurde. Dieser neue Herrscher der Welt übergab seinem Bruder Neptun die Gewalt über die Meere und erklärte seinen zweiten Bruder Pluto zum König des Totenreiches. Ihnen gegenüber standen ihre Gemahlinnen Juno, Amphitrite und Proserpina. Es folgten Merkur und die gerüstete Pallas, die hier weniger als Göttin der Wissenschaft und Künste – was eine sinnvolle Entsprechung zum Gott des Handels, Merkur, ergeben hätte – sondern vielmehr als Beschützerin der Helden vorgestellt wird; dann Mars und die unkriegerische, den Kriegsgott besänftigende Venus; die beiden Fruchtbarkeitsgötter Bacchus und Ceres und schließlich die mehr vergnüglichen Beschäftigungen zugeordneten Götter Diana, als Beschützerin der Jagd, und Apollo, der sich in Nymphenburg als Spender der Gabe des Gesanges und des Leierspiels präsentiert.

Lorenz Westenrieder stellte in seinem ‚Jahrbuch der Menschengeschichte in Bayern‘ (1782) der Beschreibung des Nymphenburger Statuenzyklus eine Abhandlung über Sinn und Zweck von Darstellungen antiker Götter voran: „Die Gottheiten der Alten . . . waren im Grunde und bey ihrem Ursprung nichts anderes, als allgemeine Lehrbegriffe und Kenntnisse physikalischer Kräfte und Eigenschaften, oder allgemeine Axiomen und Grundsätze

Schloß Nymphenburg in der Abendsonne, vom Garten aus gesehen

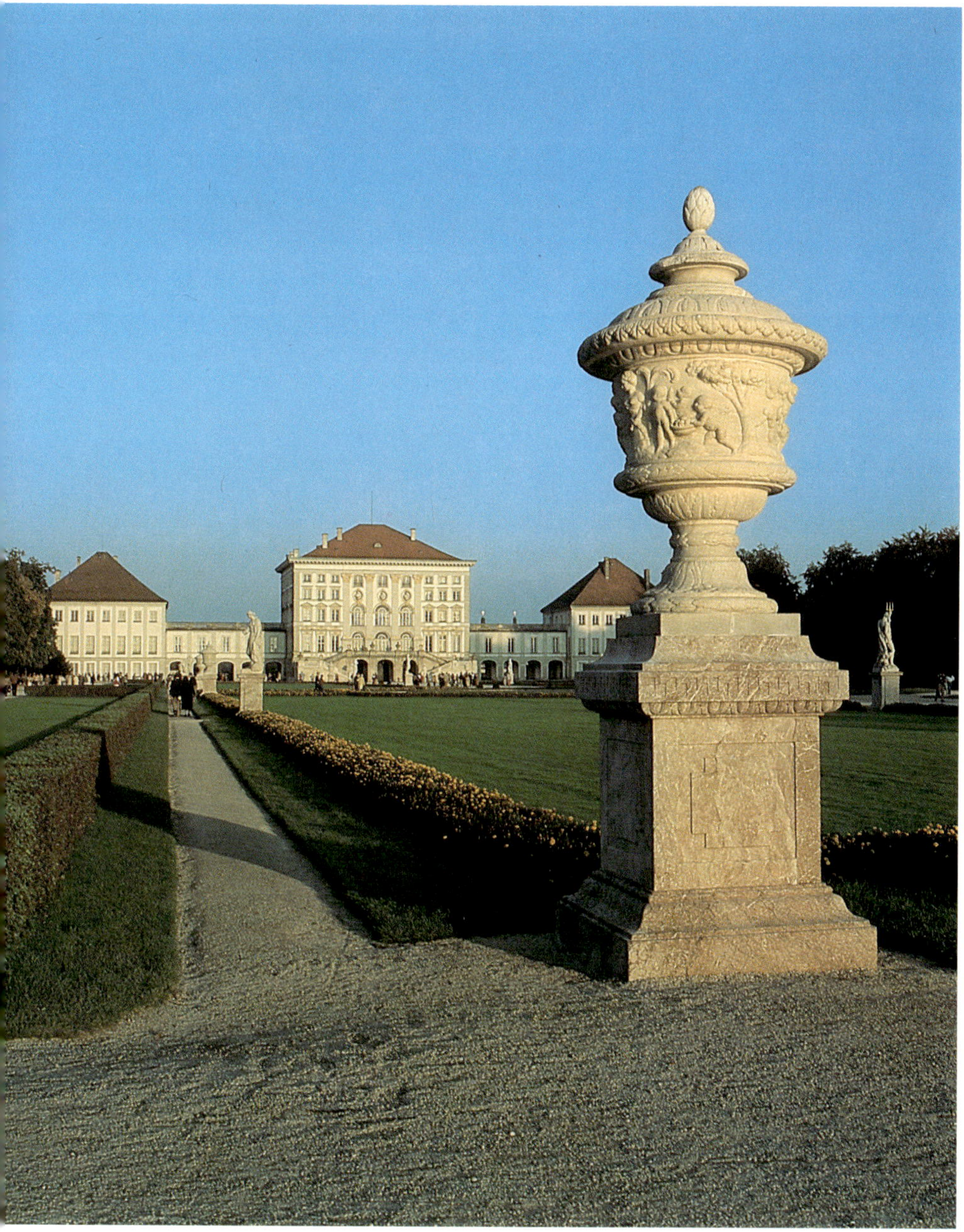

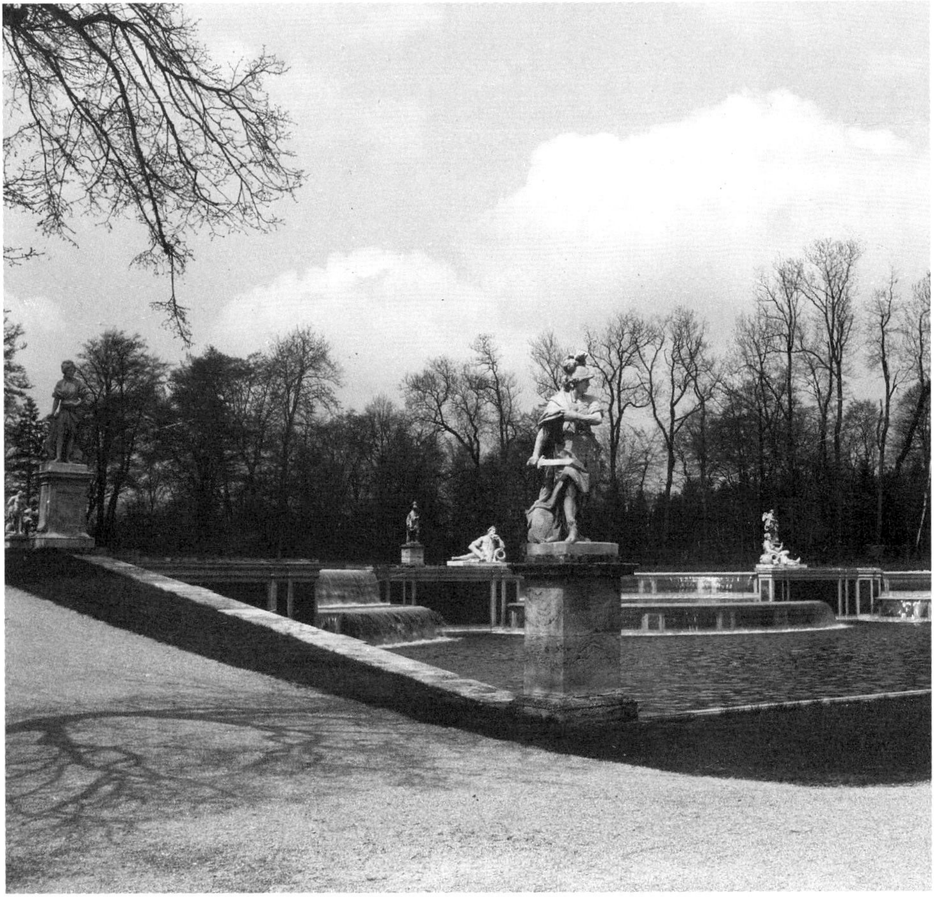

Nymphenburger Schloßpark, Kaskade

sittlicher Vollkommenheit, aus deren Wesen und Erscheinungen man eine allgemeine charakteristische Idee abzuziehen, und das Geistige in einer körperlichen Hülle und Gestalt darzustellen suchte. [. . .] Zu den Formen der Gottheiten wählten und schufen die Künstler der Alten das Schönste und Vollkommenste, was ein begeistertes Gefühl, und eine hohe Einbildungskraft aus der Natur erheben und sammeln kann, und diese suchten sie mit einem Ausdruck in Geberden und Stellungen voll Würde und Göttlichkeit zu vereinen. Die Bilder des höchsten und erhabensten Stils erscheinen in einem Zustand von Ruh und Sittsamkeit, welcher nicht nur der Schönheit vorteilhaft, sondern auch dem Begriff eines weisen Wesens am angemessensten ist“[62].

Westenrieders Unterweisung ist als Verhaltensmaßregel bei der Betrachtung der Nymphenburger Statuen zu verstehen, die keine Verkörperungen fürstlicher Tugenden mehr darstellen, wie es zur Barockzeit der Fall war, sondern in ‚sinnliche Form' gebrachte ‚Grundsätze sittlicher Vollkommenheit'. Der Betrachter, auch der Kurfürst, soll sich nicht nur an ihrer äußeren Gestalt begeistern, sondern sich auch durch ihr inneres Wesen belehren und ermahnen lassen. Im Jahr 1792 wurde der Nymphenburger Garten der Öffentlichkeit zugänglich gemacht, wodurch der von Westenrieder formulierte pädagogische Anspruch wirksam werden konnte.

Der kurfürstliche Repräsentationswille bestand offenbar nur mehr darin, einen vollständigen – auf diese Absichtserklärung stößt man immer wieder in den Quellen – Statuenzyklus mit den 16 Hauptgottheiten des Olymp im Nymphenburger Garten zu besitzen. Die aus Schleißheim geholten Statuen des Mars und der Minerva von Volpini hatten ihre ursprüngliche Sinngebung als Anspielungen auf das Kurfürstenpaar durch den neuen Aufstellungsplan ohnehin verloren.

Mit der Neuaufstellung nach der Umwandlung des Parterres und der gesamten Gartenanlage von 1804 bis 1823 nahm man schließlich in Kauf, daß das ‚wie in einem Schauspiel zusammengesetzte Ganze' (Westenrieder) zerstört wurde, indem man vier wichtige Götter an die große Kaskade versetzte. Auswahlkriterium dabei war vermutlich nicht nur eine mögliche Bezugnahme der Statuen Neptun und Amphitrite zum neuen Aufstellungsort am Wasser oder die Verbindung zweier kriegerischer Gottheiten, Mars und Pallas, sondern auch der Stil. Mars, Pallas, Neptun und Amphitrite fügen sich noch ganz der barocken skulpturalen Auffassung ein; sie wurden an die große Kaskade ‚verbannt', wo sie stilistisch mit den älteren Figuren Volpinis (Herkules, Minerva, ‚Donau' und ‚Isar') harmonieren, während man im Parterre die am ehesten antik anmutenden Gestalten versammelte.

Die Marmorvasen im Nymphenburger Gartenparterre

Nachdem im Frühjahr 1785 das letzte Statuenpaar (Apollo und Diana) vollendet war, bat Boos sogleich um neue Aufträge. Das Hofbauamt schlug 12 Marmorvasen für den Nymphenburger Garten vor, die zwischen den Statuen aufgestellt werden sollten. Der Kurfürst fand offenbar Gefallen an diesem Vorschlag, denn bereits am 6. Juli 1785 wurde Boos aufgefordert, ein Modell für die Vasen einzureichen. Der definitive Auftrag zur Ausführung kam jedoch erst nach wiederholter Anfrage des Hofbildhauers zustande. Am 31. Oktober 1786 wurde schließlich verfügt, daß „jedesmal zwei Vasen der Egalität und Schicklichkeit halber und zur Ersparung mehrerer Aufstellungskosten nur alle zwei Jahre aufgestellt werden sollen"[63].

Damit hatte Boos zwar noch einmal einen großen Auftrag erhalten, doch durch den bis in das Jahr 1798 ausgedehnten Bearbeitungszeitraum konnte seine angespannte Finanzlage nur geringfügig verbessert werden. Wie mußte es erst den anderen Künstlern in jener Zeit ergangen sein, wenn nicht einmal der Hofbildhauer Boos ausreichend Beschäftigung fand?

Die dem griechischen Kalathos-Typ ähnlich gestalteten henkellosen Nymphenburger Vasen haben die Form eines gedrungenen, sich nach unten leicht verjüngenden Zylinders mit Deckel und weisen Relieffriese mit Puttenreigen auf, die Szenen der antiken Mythologie darstellen und sich thematisch auf jeweils eine der im Parterre des Gartens aufgestellten Götterstatuen beziehen. Wie bei den Statuen griff Boos auch hier ausgiebig auf Stiche nach antiken Werken (Reliefs) zurück.

Aufgrund von Übereinstimmungen in Ornament und Stil brachte Ruth Johnen die Vasenpaare in folgende zeitliche Reihenfolge[64]: zuerst das den Statuen Bacchus und Ceres zugeordnete Vasenpaar, dann das zu Saturn und Kybele, Jupiter und Juno, Pluto und Proserpina, Mars und Venus und zuletzt die zu Neptun und Amphitrite. Bei der ursprünglichen Aufstellung an den Seitenwegen des Parterres folgte auf eine Götterstatue die jeweils entsprechende Vase. Heute stehen sie an den Eckpunkten der Parterrefelder, wodurch die einstige thematische Zusammengehörigkeit von Statuen und Vasen weitgehend verlorenging.

Marmorvase V

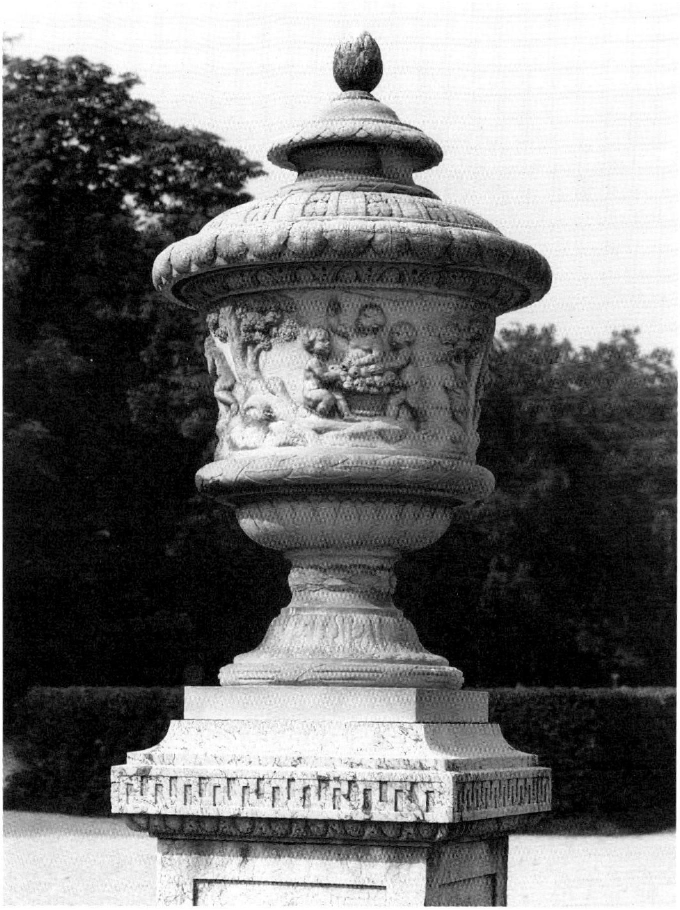

Marmorvase I ▷

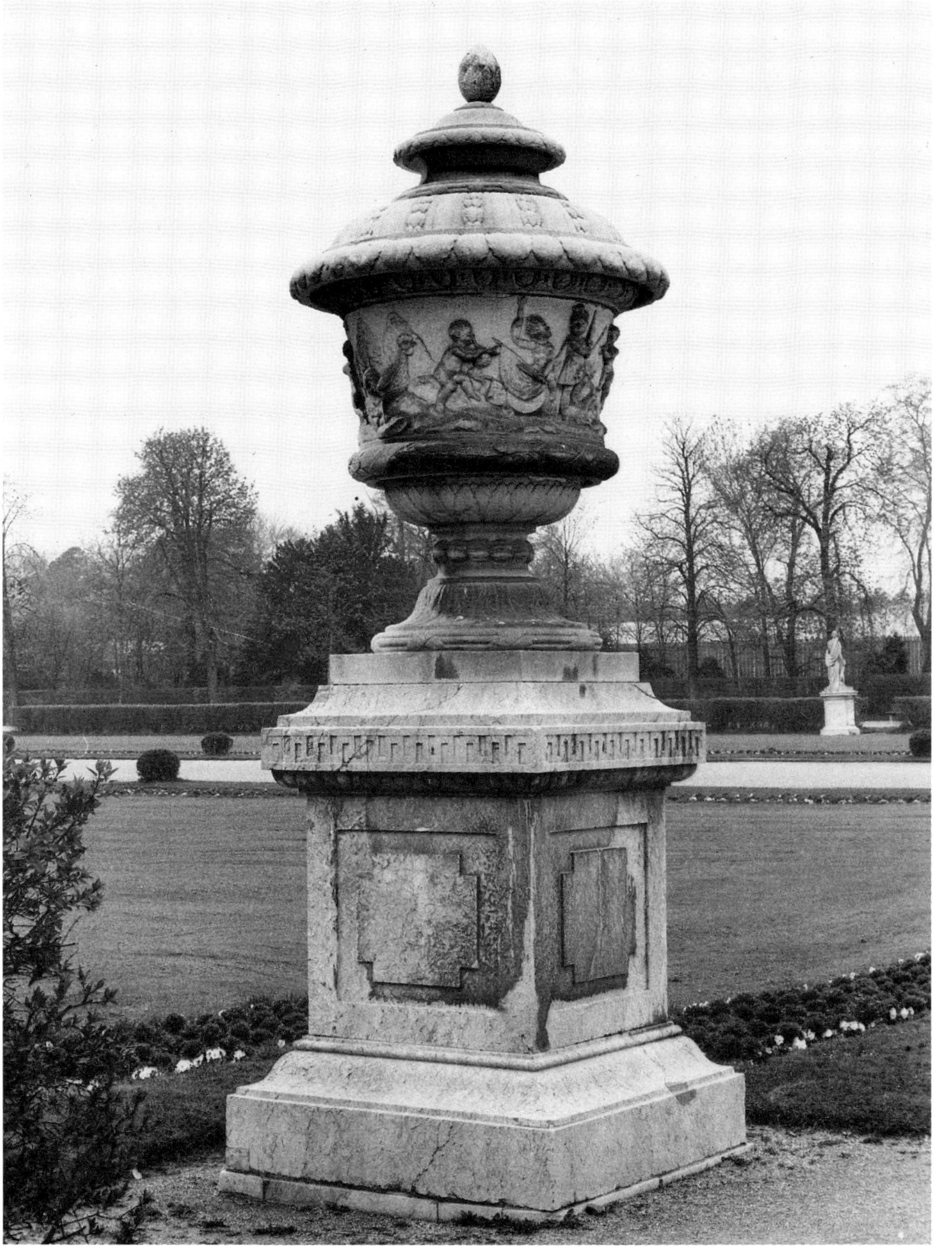

Die Arbeiten für Nymphenburg waren voll im Gange, als 1779 ein neuer, großer kurfürstlicher Auftrag an Roman Anton Boos erging: die Darstellungen der Herkulestaten, die in Nischen der nördlichen Hofgartenarkaden der Residenz in München aufgestellt werden und eine um 1630 von Kaspar Riedl geschaffene Folge von Stuckfiguren ersetzen sollten, die Straub im Jahr 1739 ausgebessert hatte. 1779 waren sie nach einem Bericht von Boos jedoch so ruinös, daß eine erneute Restaurierung nicht mehr sinnvoll erschien.[65]

Boos reichte Modelle ein, die bis auf eines erhalten blieben, und bereits zwei Jahre später, 1781, hatte er die acht ca. 250 cm hohen Gruppen aus Eichenholz fertiggestellt. Einige sind bronzefarben getönt, andere dagegen weiß gefaßt, um Marmor vorzutäuschen. Eine thematische Entsprechung zu den älteren Herkulestaten ist wahrscheinlich, eine stilistische legt der Augenschein der Figuren nahe, fraglich bleibt jedoch, ob auch der ikonologische Gehalt der älteren Folge wiederbelebt werden sollte, vorausgesetzt, er war überhaupt noch bekannt.

In seiner ‚Descrizione compendiosa del Palagio Electorale di Monaco' aus dem Jahr 1644 schreibt B. Pistorini von den „bewunderungswürdigen und gewaltigen Taten des Herkules, in großen, riesigen Statuen, so nach dem Lebendigen gebildet, daß sie dem Ort Schmuck und Schönheit verliehen, und dem Betrachter Schrecken einflössen"[66]. Die Anspielung auf den kurfürstlichen Auftraggeber Maximilian I., den „deutschen . . . und wahren Hercules wider die erschröckliche Schlang deß vielfältigen Ketzerthums"[67] (= Protestantismus) ist dabei offenkundig.

Als Boos an den Taten des Herkules arbeitete, entstand über den nördlichen Hofgartenarkaden, dem Aufstellungsort der Herkulesgruppen, gleichzeitig ein Aufbau für die kurfürstliche Gemäldegalerie nach dem Entwurf von Karl Albert Lespilliez, die wenig später der Öffentlichkeit zugänglich gemacht wurde. Mit dieser völlig veränderten Situation wurde auch die neue Folge der Herkulestaten konfrontiert; einstmals bildliche Demonstration fürstlicher Herrschaft wurden sie nun Ausstellungsstücke wie die über 700 Gemälde der Galerie, die dem kunstinteressierten Publikum nicht nur zur Besichtigung freigegeben, sondern auch in einem 1787 gedruckten Katalog vorgestellt und erklärt wurden. Die Bedeutung der Gruppen war somit auf die Darstellung der Taten eines Helden der antiken Mythologie reduziert, deren übergeordneter Sinn – die Identifikation mit dem Herrscher – vom zunehmend aufgeklärten Bürgertum nicht mehr erkannt wurde.

Von den zwölf herkulischen Taten wurden – bedingt durch den Aufstellungsort – nur acht dargestellt: 1. Herkules tötet den nemeischen Löwen. 2. Herkules tötet die siebenköpfige lernaeische Hydra. 3. Herkules im Kampf mit dem Riesen Antäus. 4. Herkules bändigt den dreiköpfigen Höllenhund Cerberus. 5. Herkules hilft dem Atlas den Himmel tragen. 6. Herkules erlegt den Kentaur. 7. Herkules erschießt die stymphalischen Raubvögel. 8. Herkules zähmt den erymanthischen Eber.

Die sechs noch zu besichtigenden Gruppen – Nr. 2 ist seit längerem verschollen und Nr. 4 befindet sich im Schloß Dachau – stehen heute nicht mehr an ihrem ursprünglichen Platz in den Hofgartenarkaden, sondern im Treppenhaus des Königsbaues der Münchener Residenz. Um die durch Wurmbefall und ehemalige Witterungseinflüsse bedingten Zerstörungen aufzuhalten, wurden die ruinösen Teile abgeschnitten, so daß die Gruppen heute nicht

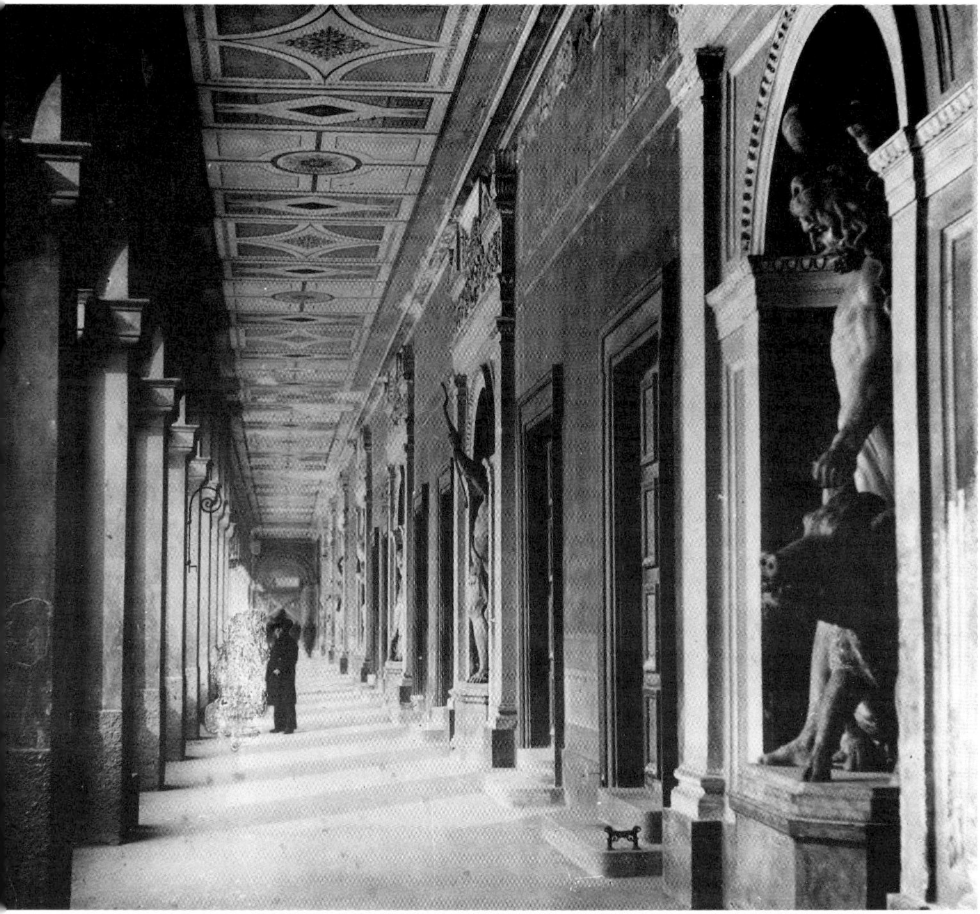

Hofgartenarkaden um 1910

mehr ihre ursprüngliche Wirkung erreichen, wozu im übrigen auch der jetzige Aufstellungsort, das viel zu enge Treppenhaus, beiträgt.

Bei der nur noch fragmentarischen Gruppe des *Herkules im Kampf mit dem Zentaur* tritt der Einfluß antiker Werke – z. B. des farnesischen Herkules, des Torsos vom Belvedere oder des Laokoon – deutlicher zutage als bei allen anderen Darstellungen. In der angespannten Haltung des muskulösen Körpers wird die Anstrengung noch vorstellbar, im Gesichtsausdruck jedoch nicht mehr. Trotz tief gefurchter Stirn wirkt das Gesicht mit den großen Augen und dem unter dem buschigen Oberlippenbart nicht sichtbaren Mund teilnahmslos, ja arglos.

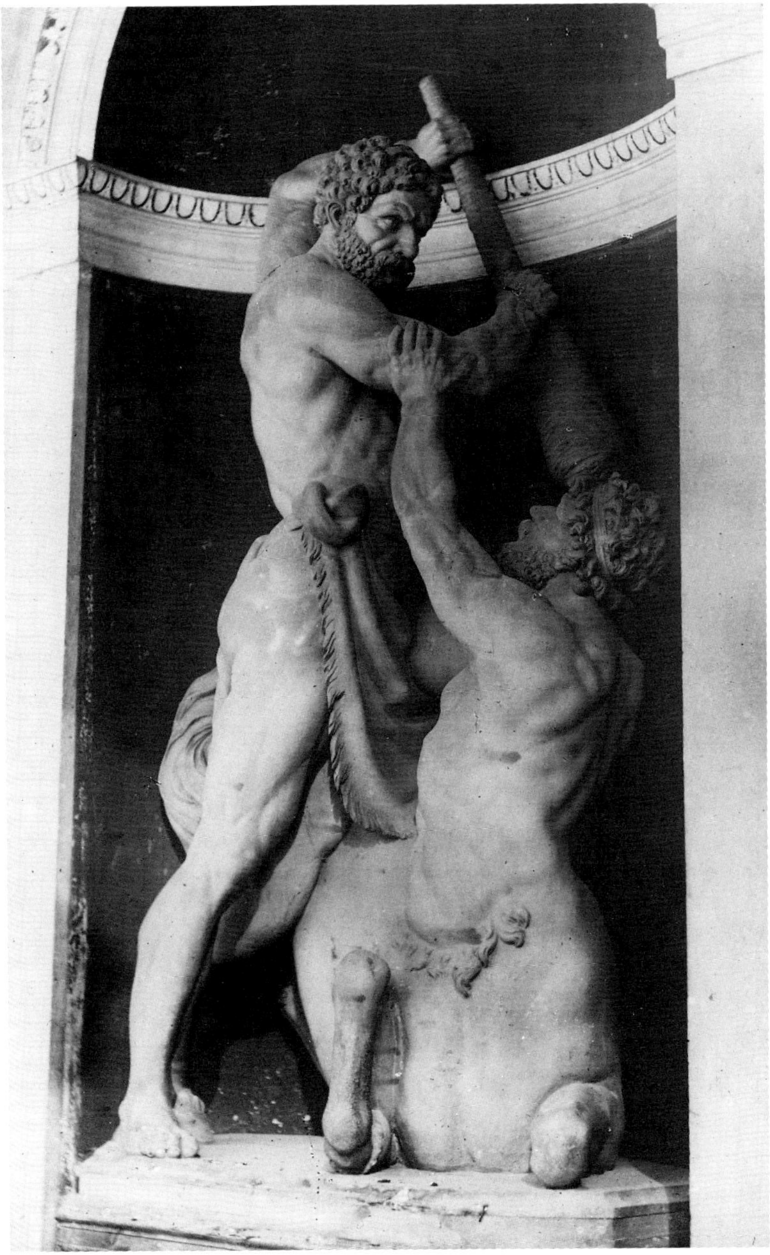

Herkules im Kampf mit dem Zentaur

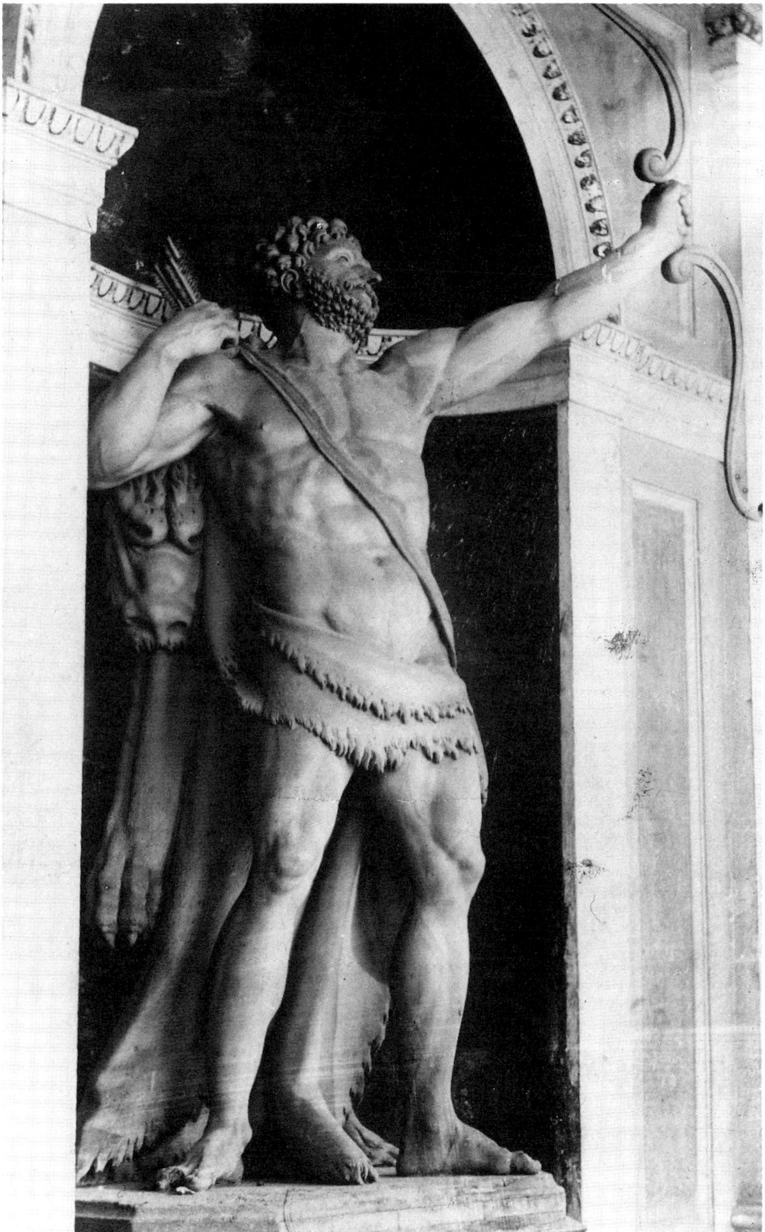

Herkules auf der Jagd nach den stymphalischen Raubvögeln

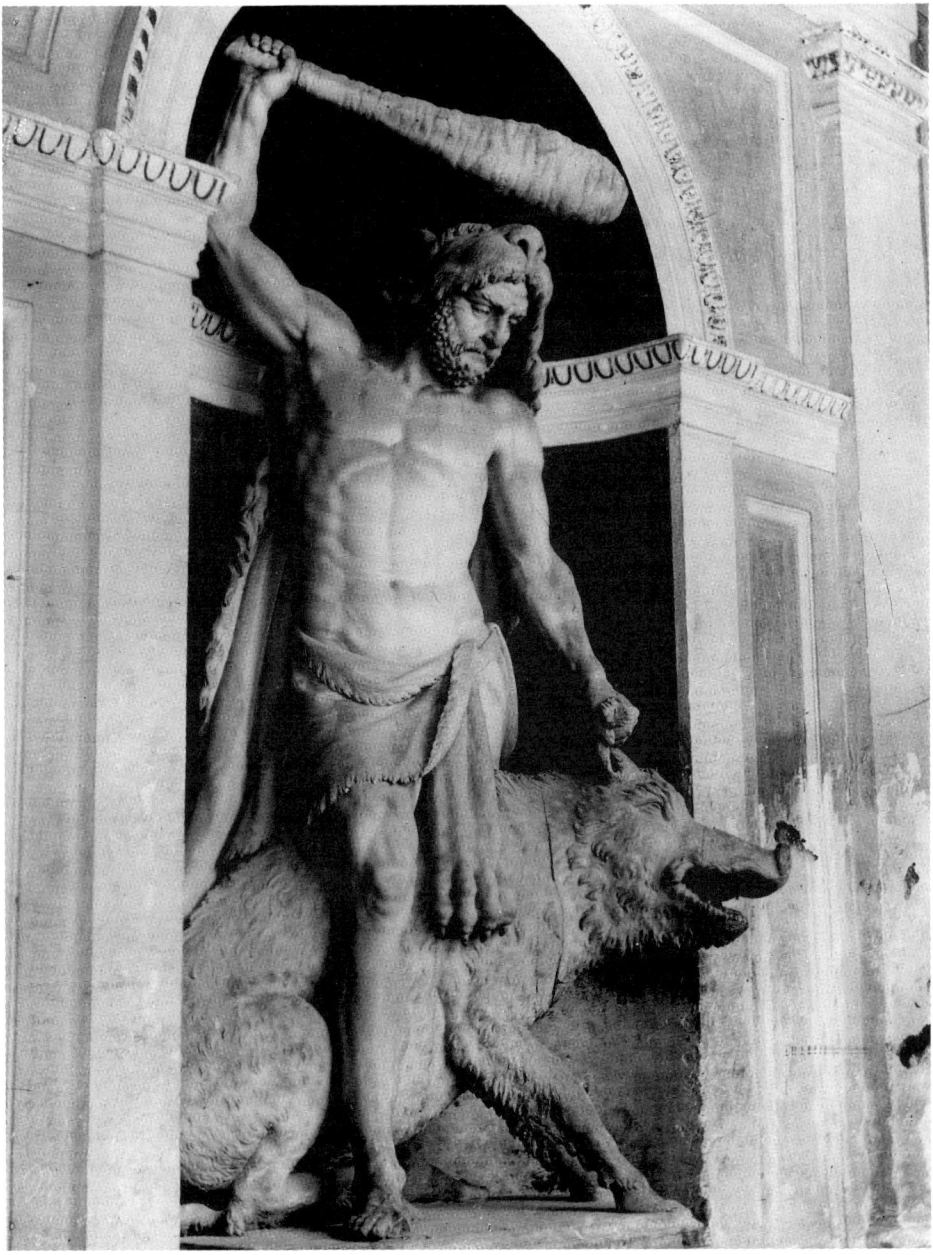

◁ *Die Zähmung des erymantischen Ebers*

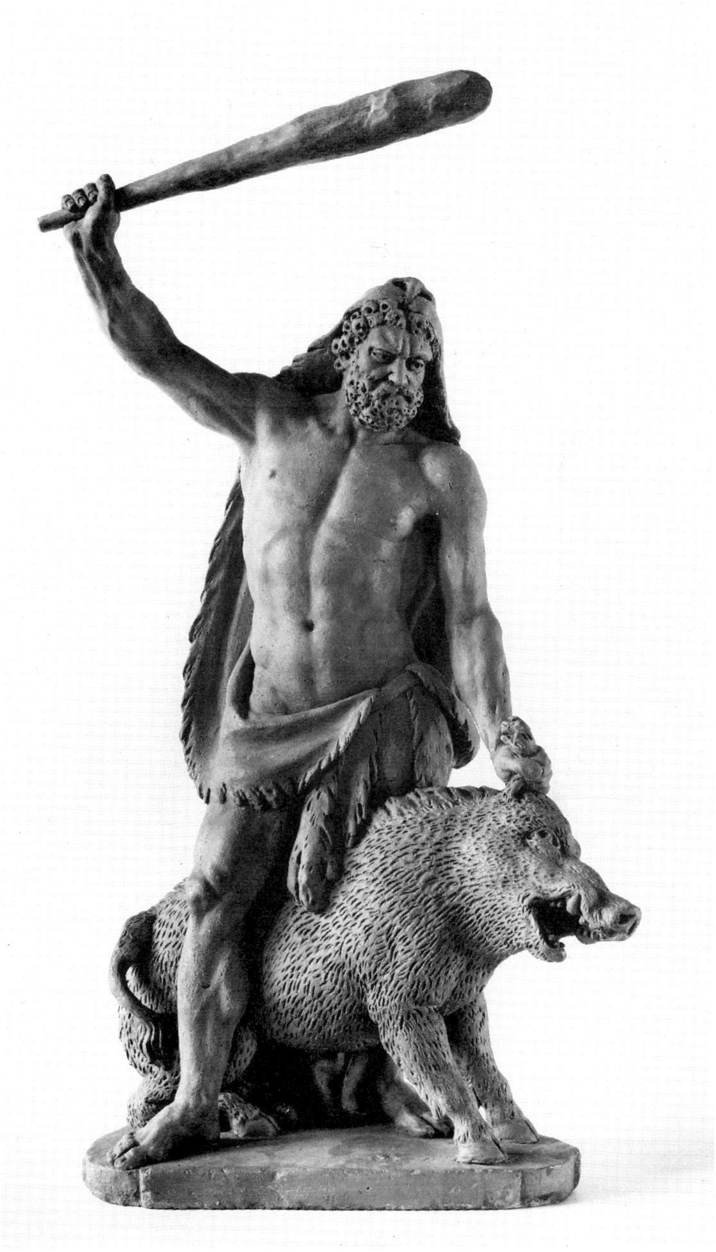

Bozzetto. München, Bayerisches Nationalmuseum

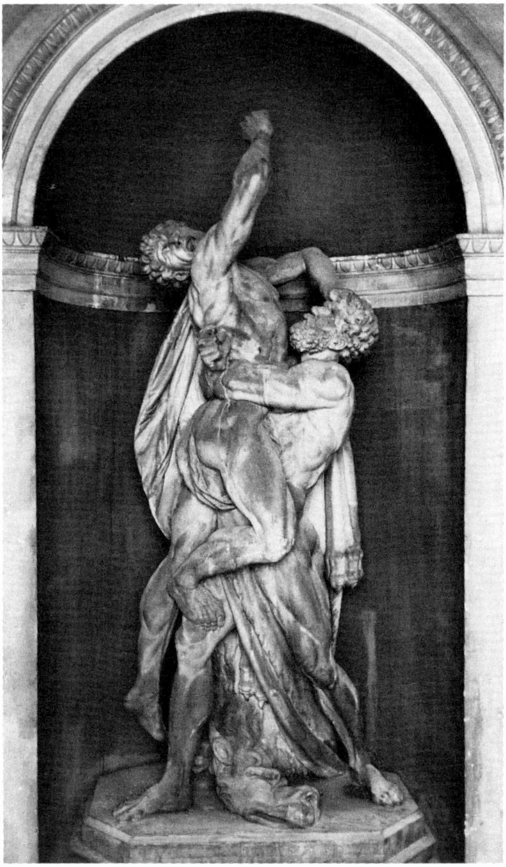

Kampf gegen den sagenhaften Riesen Antäus

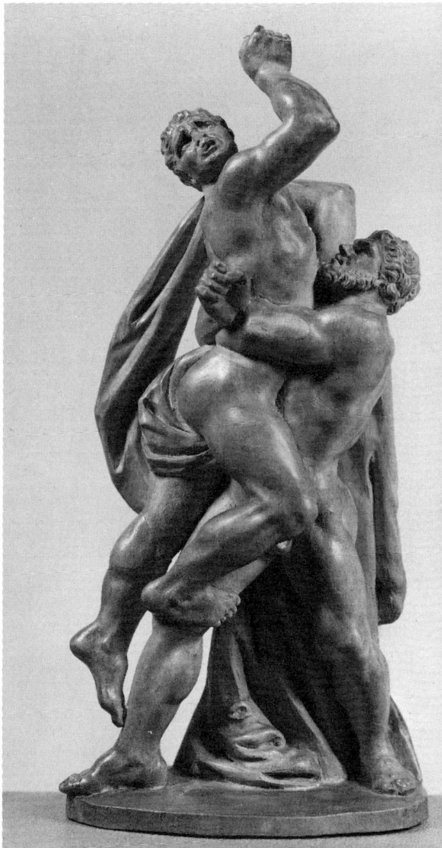

Bozzetto. München, Privatbesitz (Boos?)

Herkules und Atlas

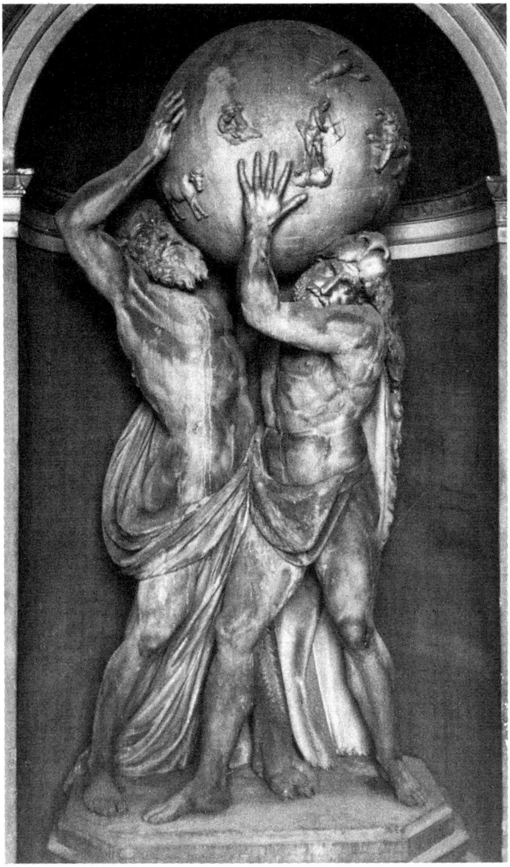

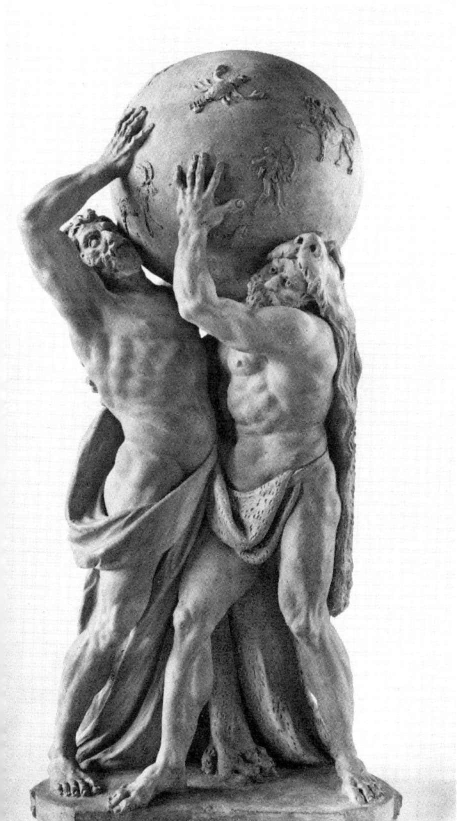

Bozzetto. München, Bayerisches Nationalmuseum

Was diese Gruppe an Körperbehandlung noch erahnen läßt, ist bei der Darstellung des Herkules auf der *Jagd nach den stymphalischen Raubvögeln* kaum noch erkenntlich. Trotz der Untersicht, die Boos aufgrund der erhöhten Aufstellung auf Sockeln bei allen Taten berücksichtigen mußte, erscheinen die Beine zu kurz im Verhältnis zu dem kräftigen Oberkörper.

Im Unterschied zu den breiter und bewegungsreicher angelegten Modellen – *Zähmung des erymanthischen Ebers* und *Kampf gegen den sagenhaften Riesen Antäus* – lassen die ausgeführten Gruppen die körperliche Anstrengung kaum noch spüren. Von beiden Gegnern scheint keine Gefahr auszugehen.

Auch in der Darstellung des mit dem *nemeischen Löwen* ringenden Herkules, die im Vergleich zu den anderen Taten am konsequentesten auf Einansichtigkeit konzipiert ist, wird nicht die Tat selbst, sondern das Ergebnis, der Sieg über den Gegner, vorgestellt. Durch die barock anmutende Dynamik und das Pathos im Gesichtsausdruck des Helden, worin sich dieser von den anderen Darstellungen unterscheidet, wird bei dieser Gruppe die stilistische Abhängigkeit von der älteren Folge Kaspar Riedls am sichtbarsten.

Bei der Gruppe von *Herkules und Atlas* fällt im Vergleich zum Bozzetto vor allem die flache, nur an der Oberfläche und nicht vom Körperinnern heraus motivierte Modellierung der massigen Körper auf.

Zu den beiden im Treppenhaus fehlenden Gruppen von *Herkules im Kampf gegen die siebenköpfige Hydra* und *Bändigung des dreiköpfigen Cerberus* haben sich die Modelle im Nationalmuseum erhalten: Mit ruhiger, kontrapostischer Haltung und geschulterter Keule blickt Herkules auf den bereits gebändigten Cerberus. Auch der Kampf gegen die zu Boden gedrückte Hydra ist schon längst entschieden, obwohl Herkules erst zum Keulenschlag ausholt.

Die ‚genetische Ableitung‘ dieser Herkulestaten von der florentinischen Plastik der Renaissance und des Manierismus ist unbestreitbar. Aufgrund der eingeschränkten formalen Möglichkeiten der Herkulesdarstellung waren die Werke eines Antonio del Pollaiuolo, Bartolomeo Ammanati, Giovanni Bologna (Giambologna) oder Vincenzo de Rossi[68], schon längst Allgemeingut geworden. Bei den raumhaltiger, ‚barocker‘ aufgebauten Modellen knüpft Boos unverkennbar an die Tradition älterer, auf die Darstellung des Kampfablaufes konzipierter Beispiele an. Die steiler angelegten Holzgruppen dagegen, die durch die betonte Einansichtigkeit auf die Pose des überlegenen Siegers fixiert sind, verdeutlichen mehr die Absicht, der Antike durch eine reduzierte Bewegungsdynamik und verstärkte Statuarik nachzueifern, wobei zwangsläufig das erzählerische Moment zurückgedrängt wird.

Wie sehr Boos die Antike allerdings mißverstand, zeigt besonders deutlich die allzu akademisch durchkonstruierte Terrakottafigur eines Vulkan im Bayerischen Nationalmuseum. Durch den fehlenden Bewegungsfluß verharrt sie in einer „gezierten, theatralischen Pose. [. . .] Kleinbürgerlichem Schicklichkeitsempfinden trägt die allzu absichtsvolle Drapierung des Lendentuchs Rechnung (vgl. auch die Herkulestaten . . .); es offenbart sich darin eine Geisteshaltung, der die über Menschenmaß hinausstrebende Idealität der antiken Plastik verschlossen bleiben mußte“[69].

Der dem Klassizismus nahestehende zeitgenössische Kritiker Lorenz Westenrieder dagegen rühmte in seinem Kommentar zu den Herkulestaten von Boos nicht nur ihre Form,

„welche man an den besten Antiken, oder den Nachbildungen derselben wahrnimmt“, sondern auch ihre über die Darstellung hinausgehende geistige Kraft. „All diese Arbeiten verrichtet Herkules mit einem gewissen Wohlstand, und einer starken Ruhe und Zuversicht, welche von seinen überliegenden Kräften zeigt. Er kömmt nie so ins Gedränge, daß er gezwungen wäre, die äußersten Kräfte mit einem Nachdruck anzuspannen, wobey der Sieg zweifelhaft würde, und er in sichtbarer Gefahr sich befände, überwunden zu werden. Es ist weder in seinen Mienen, noch in seinen Stellungen etwas Gewaltsames, das die Muskeln aus der natürlichen Lage reißt, und allemal Schwäche verkündet, sondern ein höherer Geist scheint durch ihn zu wirken, und diese Art von Sicherheit in seinem Thun hervorzubringen“[70].

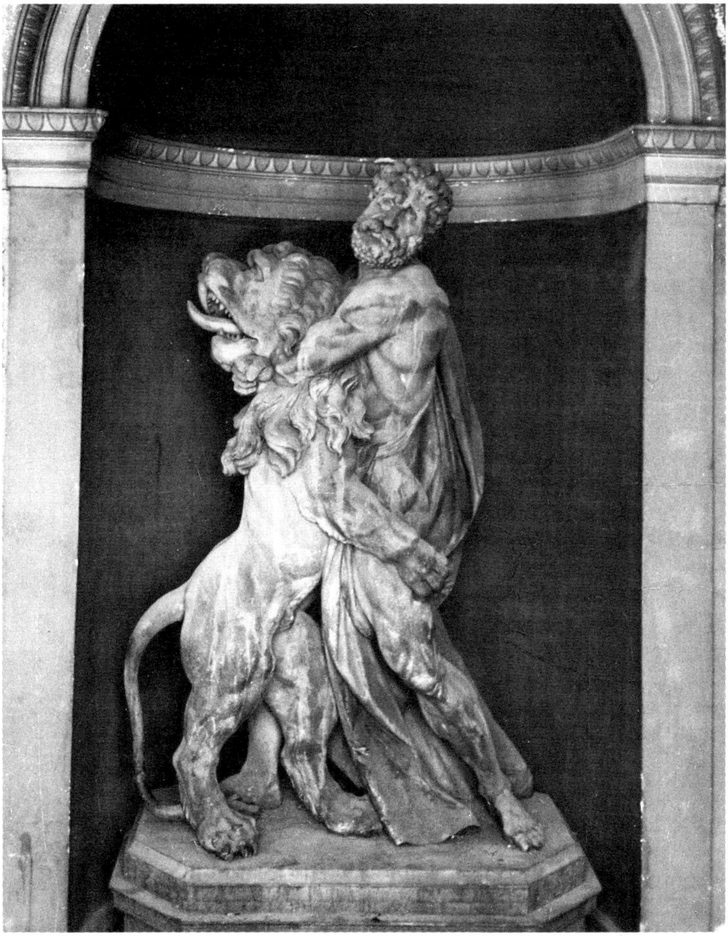

Kampf des Herkules mit dem nemeischen Löwen

Bändigung des dreiköpfigen Cerberus, Schloß Dachau

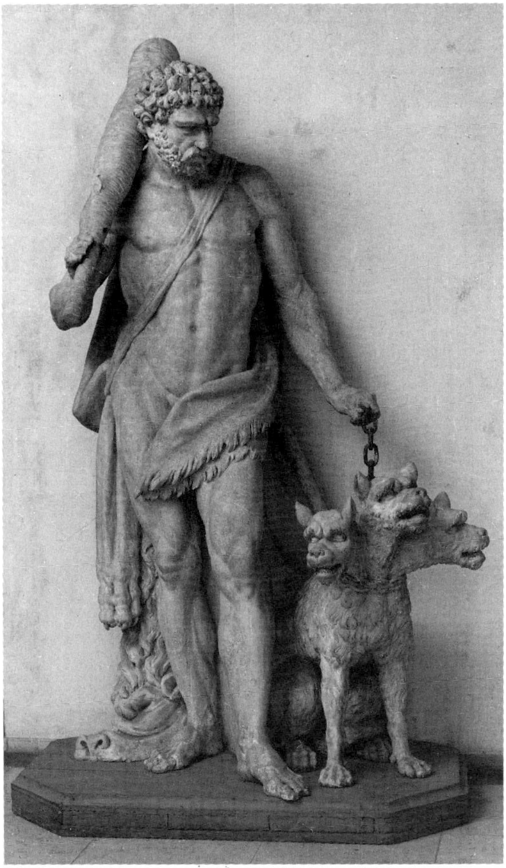

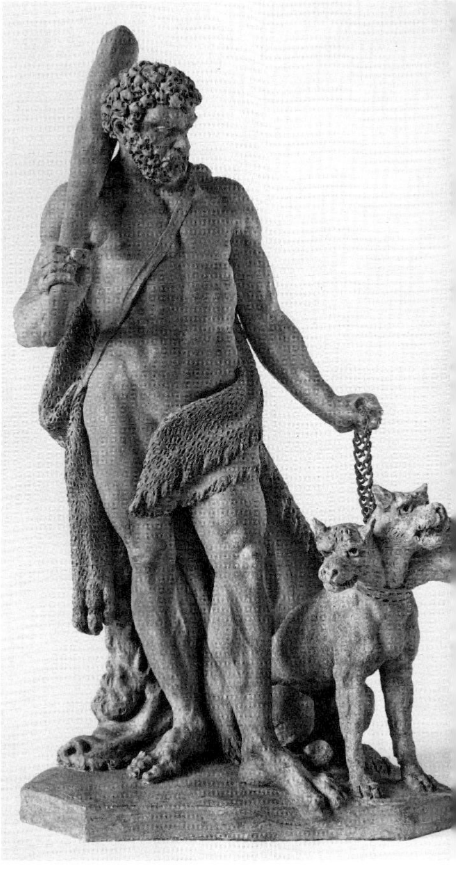

Bozzetto. München, Bayerisches Nationalmuseum

Detail

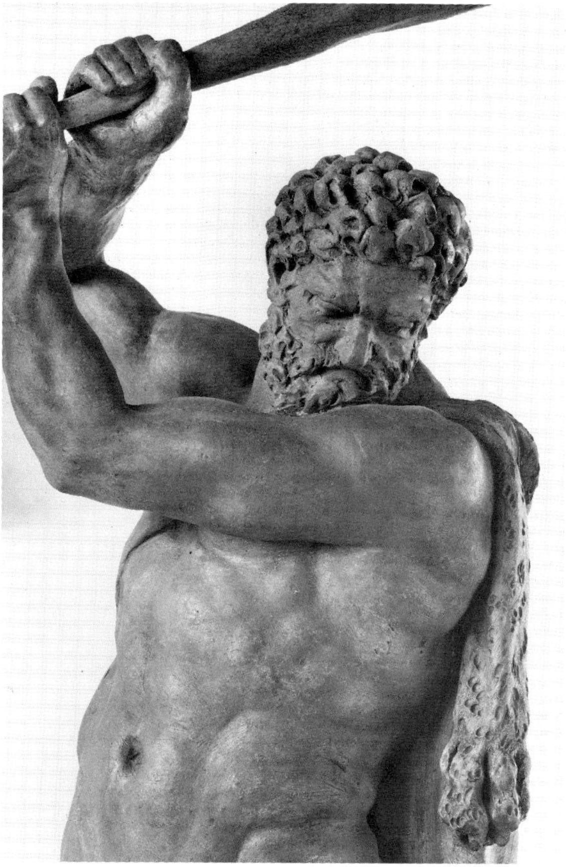

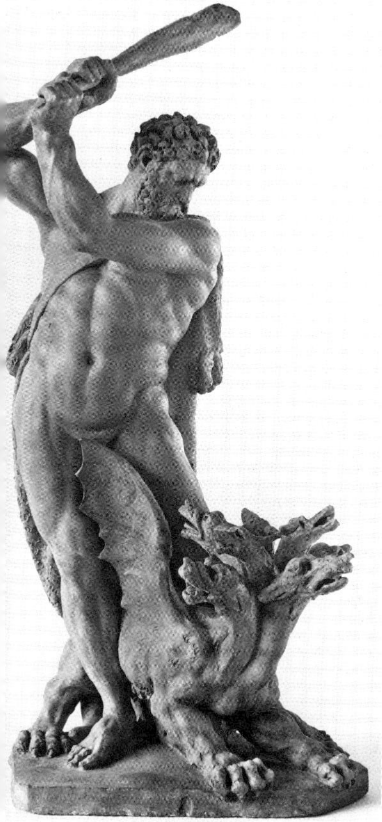

Herkules im Kampf gegen die siebenköpfige Hydra, Bozzetto. München, Bayerisches Nationalmuseum

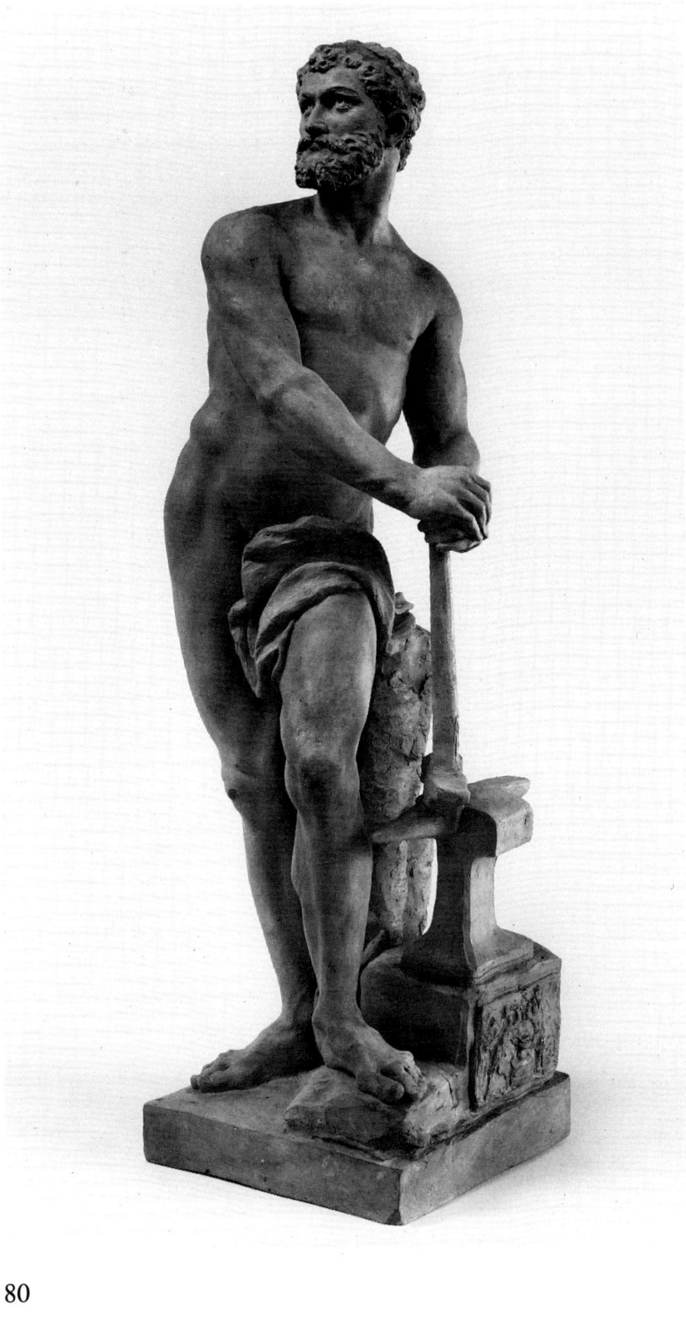

Vulkan,
Terrakottafigur.
München,
Bayerisches
Nationalmuseum

Portraitbüsten des Kurfürsten Max III. Joseph

Die Auftragserteilung für zwei Portraitbüsten war für Boos, neben den Arbeiten für Nymphenburg und den Hofgarten, ein weiterer Gunstbeweis des Kurfürsten. Denn Bildnisbüsten wurden während der Zeit des Barock und Rokoko in Bayern meist von ausländischen oder zumindest international ausgebildeten Künstlern ausgeführt[71], denen man die Bewältigung dieses zur Demonstration fürstlicher Macht geradezu prädestinierten Themas offensichtlich eher zutraute.

Die nähere Betrachtung der zwei Büsten des Kurfürsten von Boos ergibt jedoch, daß der genannten Funktion keine gewichtige Bedeutung mehr zugemessen wurde. Boos erhielt diesen Auftrag, als er die erste Nymphenburger Marmorstatue, die Amphitrite, soeben fertiggestellt hatte und sich der Höhepunkt seiner künstlerischen Laufbahn abzuzeichnen begann. Zwei Jahre später (1777) starb Max III. Joseph. Während der 22jährigen Regierungszeit des nachfolgenden Karl Theodor aus der Wittelsbacher Nebenlinie Pfalz-Neuburg-Sulzbach wird in den Quellen nur eine einzige Bildnisbüste dieses Kurfürsten von Boos genannt, die sich jedoch nicht erhalten hat[72].

Beide nur ca. 30 cm hohen Büsten wurden aus Blei gegossen und vergoldet. Leider ist von dem künstlerisch interessanteren Bildnis, das sich ehemals in der Münchener Residenz befand, nur eine schwächere Replik im Germanischen Nationalmuseum überliefert [73]. Das Original wurde im Zweiten Weltkrieg zerstört. Es zeigte Max III. Joseph nicht in der für seine Zeit üblichen leichten Drehbewegung des Kopfes, sondern in strenger Frontalansicht. Diese bereits bekannte Vorliebe von Boos dürfte durch den Einfluß von Straubs Neffen und Schüler, Franz Xaver Messerschmidt, der sich zwischen 1775 und 1777 mehrmals in München aufhielt, noch bestärkt worden sein. Eine weitere Motivation für die Frontalausrichtung des Kopfes liegt in der beabsichtigten Anbringung an der Wand oder in einer Nische, worauf das rückwärtige Loch schließen läßt. Die heutige Aufstellung auf einem zu niedrigen und zu schmalen Holzsockel ist jedenfalls nicht original.

Es fällt auf, daß dekoratives Beiwerk nur eine untergeordnete Rolle spielt. Das Lockenhaar ist straff zurückgekämmt und im Nacken gebunden; das Ordensband mit dem frei herabhängenden Kleinod des Goldenen Vlieses hebt sich nur gering von den flach herausgearbeiteten Kleidungsstücken (Halsbinde, Hemd und Leibrock) ab. Der hermelingefütterte Mantel, der über der rechten Schulter mit einer Agraffe zusammengehalten wird, schließt den unteren Teil der Büste in gleichmäßigem Kontur ab. Boos scheint es nicht darauf angekommen zu sein, die Individualität von Max III. Joseph zum Ausdruck zu bringen. Der Kurfürst ist zwar eindeutig erkennbar, aber nicht näher charakterisiert.

Diese Beobachtung gilt auch für die zweite Büste (Bayerisches Nationalmuseum), die wohl einem repräsentativeren Zweck diente. Sie steht auf einem grauen Marmorsockel mit Inschrift und erinnert in ihrem Aufbau an Bildnisbüsten Ludwigs XV. von Jean Baptiste Lemoyne d. J., wobei die Vermittlung über Wien stattgefunden haben dürfte. Im Büstenausschnitt und in der Kopfhaltung gleicht das Bildnis von Max III. Joseph mehreren Arbeiten von Balthasar Ferdinand Moll und von Franz Xaver Messerschmidt.

Im Vergleich mit dem gegen 1769 im Auftrag Maria Theresias entstandenen Marmorbildnis Gerhard van Swietens von Messerschmidt[74] zeigt sich jedoch, daß Boos bei der Büste von Max III. Joseph nur einem Schema folgte, ohne die differnzierte Charakterisierung und subtile Oberflächengestaltung, wie sie das Portrait des kaiserlichen Leibarztes zeigt, anzustreben.

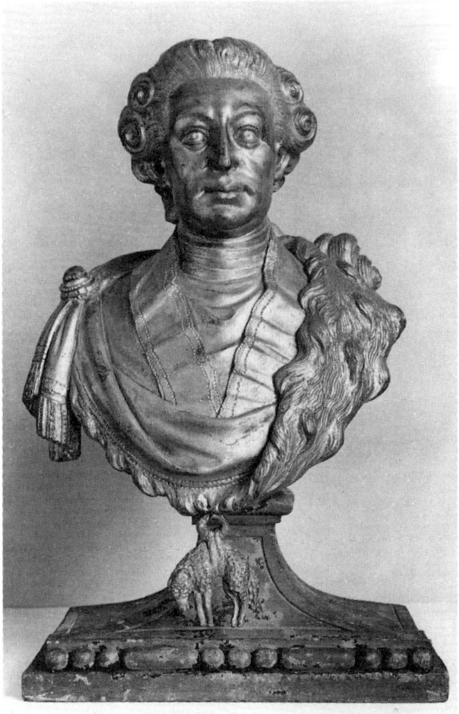

Portraitbüste des Kurfürsten Max III. Joseph. Nürnberg, Germanisches Nationalmuseum

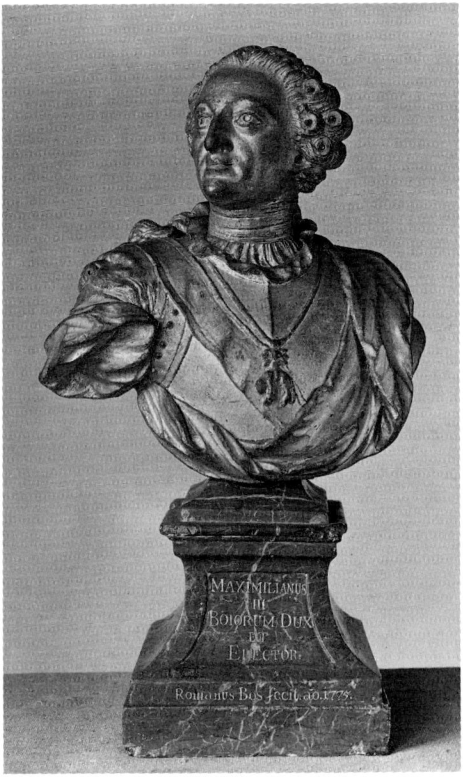

Portraitbüste des Kurfürsten Max III. Joseph. München, Bayerisches Nationalmuseum

Kirchliche Aufträge

Der beginnende Stilwandel konnte bereits an Boos' Fassadenfiguren von St. Kajetan im Vergleich zu Günthers Entwürfen beobachtet werden. Die Voraussetzungen für eine stilistische Weiterentwicklung im Sinne von einfacheren, ‚klassischeren' Formen waren jedoch nur bedingt gegeben, da im letzten Viertel des 18. Jahrhunderts, als Boos den Großteil seiner sakralen Arbeiten ausführte, großangelegte, aufeinanderbezogene Raumkompositionen, wie sie Straub und Günther verwirklichen konnten und mit denen sie den Ruf der bayerischen Kunst des Rokoko konstituierten, nicht mehr gefragt und vor allem finanziell nicht mehr möglich waren. Boos mußte sich mit Einzelwerken begnügen, die für ein bereits vorhandenes oder zumindest nicht von ihm entworfenes Ensemble bestimmt waren. Es überrascht deshalb nicht, wenn seine sakralen Werke auf jener Stilstufe stehen blieben, die der Fassadenschmuck von St. Kajetan und die noch früheren Stifterfiguren in der Klosterkirche Fürstenfeld demonstrieren.

Die ehemalige Kanzel in der Münchener Frauenkirche

Der erste kirchliche Auftrag in München nach der plastischen Dekoration der Fassade von St. Kajetan, die Kanzel für die Frauenkirche, blieb für Boos der eigenständigste, umfangreichste und auch bedeutendste. Seit 1772 waren an der Kirche Modernisierungsarbeiten im Gange, die Günther mit den fünf Eichenholzportalen und einem Zyklus von 16 vergoldeten Lindenholzreliefs mit Szenen aus dem Marienleben für das spätgotische Chorgestühl von Erasmus Grasser begonnen hatte[75] und die nun 1778 mit einer neuen Kanzel abgeschlossen werden sollten.

Hofstukkator Franz Xaver Feichtmayr reichte einen phantasievollen Entwurf in Form einer Schiffskanzel ein, der aber für das späte 18. Jahrhundert bereits so antiquiert war, daß eine Ausführung nicht mehr in Frage kam. Statt dessen wurde die im Zweiten Weltkrieg leider verbrannte Entwurfszeichnung von Boos aus dem Jahr 1778 angenommen. Das gegen 1780 vollendete Werk fiel schon im Jahr 1863 der sogenannten Purifizierung der Kirche zum Opfer, als an die Stelle des „plumpen Kastens", wie Sighart 1853 die Boos'sche Kanzel bezeichnete, „wieder ein durchbrochenes, mit Heiligengestalten und Farbenpracht reich verziertes Predigtgestühl"[76], selbstverständlich in gotischem Geschmack, treten sollte. Ein Großteil der plastischen Teile blieb allerdings erhalten, und eine Zeichnung von unbekannter Hand aus dem Jahr 1860 vermittelt wenigstens noch einen Eindruck von der Kanzel und ihrer Anbringung am achteckigen, zwischen Schalldeckel und Corpus mit Reliefs verkleideten Kirchenpfeiler.

Im Aufbau folgte Boos einer seit Jahrzehnten gültigen Form, die sein Lehrer Straub um 1730 in der Kanzel für die Schwarzspanierkirche in Wien (heute in Laxenburg) erstmals verwirklicht hatte[77]. Neu an der Münchener Kanzel ist indessen der überreiche Einsatz architektonischer Elemente mit zahlreichen antikischen Ornamentformen, wie Eierstab, Akanthus oder Mäander. Das architektonische Gliederungssystem ist jedoch nicht in seiner Eigenschaft als tragendes Gerüst verwendet, sondern tritt in Konkurrenz zu dem kleinteiligen figürlichen Schmuck, wodurch Boos die für Straub-Kanzeln charakteristische Verschleifung architektonischer und plastischer Teile weitgehend aufgab.

Die Kombination von antikisierenden Formen als Zugeständnisse an den beginnenden Klassizismus und reichen ornamentalem und figürlichem Schmuck stieß bei den Zeitgenossen auf heftige Kritik. Der Klassizist Lorenz Westenrieder, der Boos ja sonst durchaus gewogen war, bemerkte: „Stellen wir uns einen Menschen vor, der einen rothen und einen blauen Strumpf, Sommer- und Winterbeinkleider, eine grüne Weste und einen gelben Rock, und über denselben einen Mantel, und über den Mantel einen Pelz angezogen, überdies Ringe nicht nur an jedem Finger, sondern auch welche durch die Ohren und Nase gezogen hätte, so daß weder Größe, noch Farbe zusammenpaßten: so haben wir ein Bild der Einbildungskraft, welcher sich mancher überläßt, eine Verzierung aufzuhäufen, worinn kein Verhältniß und kein Verstand liegt, um der Sache jene Bedeutung und Kraft zu geben, welche sie hervorbringen soll"[78].

Beschreibung anhand der Zeichnung von 1860

Ein um den Kirchenpfeiler herumgeführter, reich verzierter Treppenaufgang führte zu dem weit vorkragenden Kanzelkorb, an dessen Schmalseiten die Vertreter des Neuen und Alten Testaments, Petrus und Moses, saßen. Die Brüstungswand war mit drei Reliefs geschmückt: Mannalese, Predigt von Johannes d. T. und Schlüsselübergabe an Petrus. An vier Seiten des Kirchenpfeilers befanden sich folgende, von Ornamentleisten gerahmte Rundbogenreliefs: 1. Die Ausgießung des Hl. Geistes; 2. Jesus heilt einen Blinden; 3. Jesus und das kanaanäische Weib; 4. Der Hauptmann von Kapernaum. Am Rand des Schalldeckels saßen drei Puttenpaare mit den Symbolen der drei göttlichen Tugenden Hoffnung, Glaube und Liebe. Darüber erhob sich die Figur der Immaculata auf der von der Schlange umwundenen Erdkugel. Ein Engel zu ihren Füßen reichte Maria auf einem Kissen Szepter und Krone als Zeichen ihrer himmlischen Herrschaft.

Die im Bayerischen Nationalmuseum erhaltene *Immaculata* ist eines der qualitätvollsten Werke von Boos. Sie entwickelt sich aus einem von der schmalen Fußstellung bis zur leichten Drehung der Schultern konsequent vorgestellten Kontrapost und beansprucht nur wenig Raum. Das leicht zurückgeneigte Haupt mit dem dadurch ausschwingenden Kopftuch und die vor den Körper gehaltenen Arme erinnern noch an ältere Darstellungen, keineswegs aber der gedrungene Körper und die aus dem Standmotiv resultierende, bewegungslos arrangierte Draperie.

Boos' stilistische Entwicklung in den späten achtziger Jahren läßt sich anhand einer zweiten Immaculata-Figur (Nürnberg, Germanisches Nationalmuseum) demonstrieren, die ihm von Ruth Johnen zugeschrieben wurde[79]. Die nur etwa 50 cm große Statuette besitzt einen betont geschlossenen und gleichmäßigen Umriß. Beide Hände sind auf die Brust gelegt, so daß noch weniger Raum in Anspruch genommen wird, mit dem allein das zur rech-

Kanzel der Münchener Frauenkirche, Zeichnung von 1860

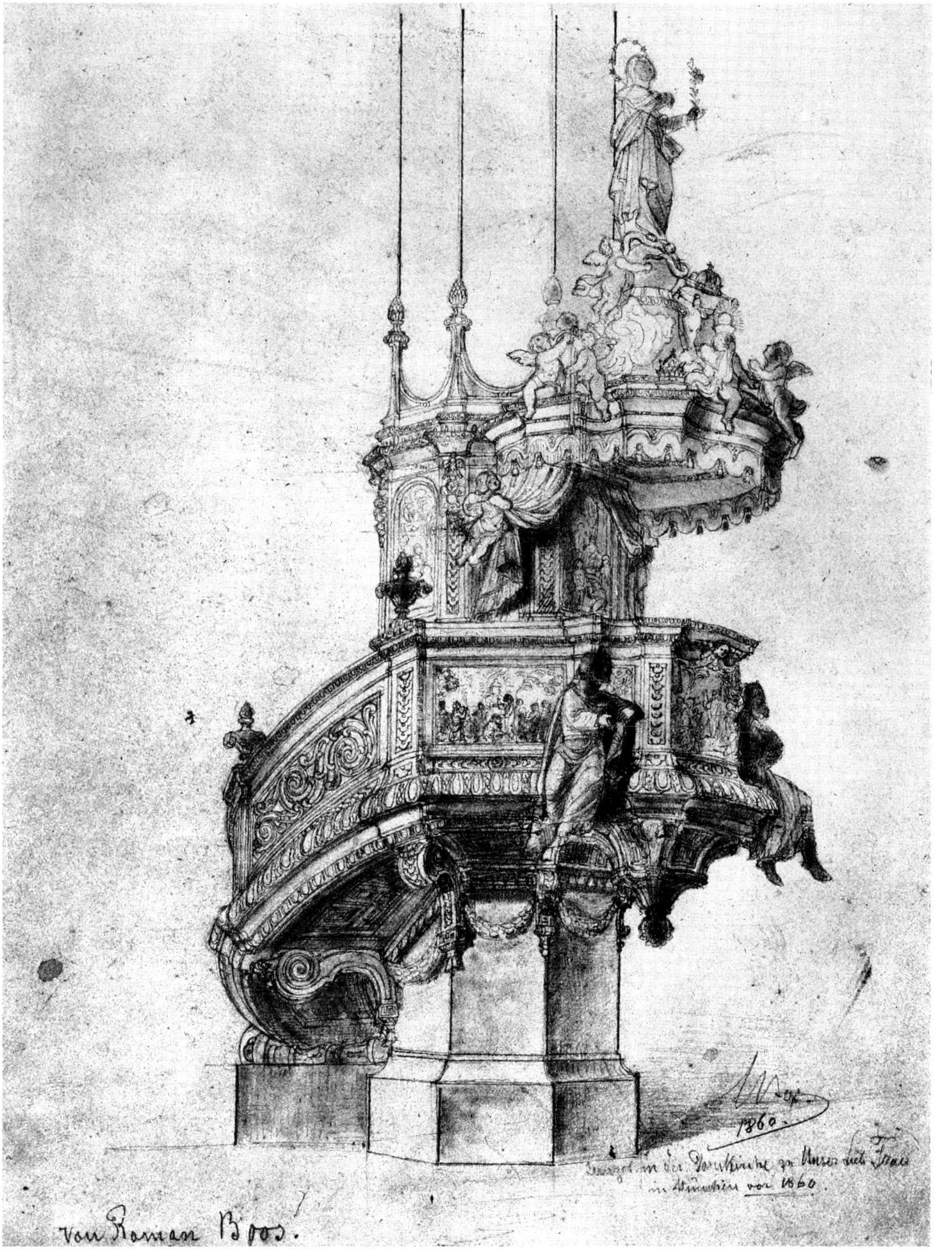
1860.
in München vor 1860.
von Roman Boos.

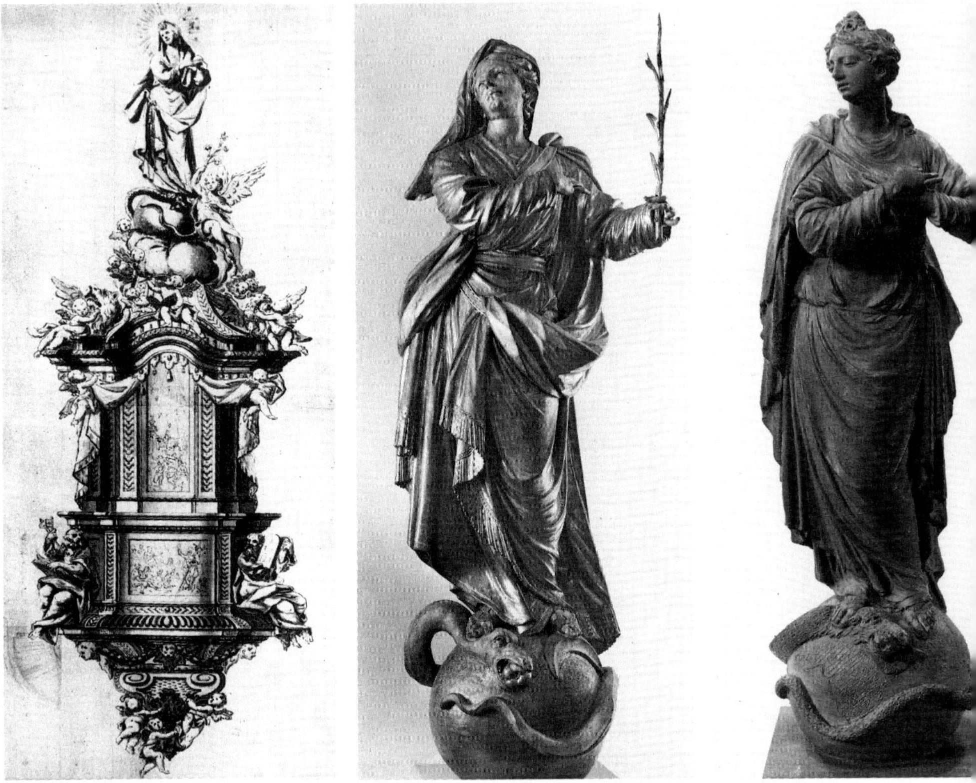

Kanzel der Münchner Frauenkirche, Aufriß, 1778 (links). – Immaculata der Kanzel, München, Bayerisches Nationalmuseum (Mitte). – Immaculata, Nürnberg, Germanisches Nationalmuseum (rechts)

ten Seite gewandte Haupt in Beziehung tritt. Die Modellierung der Körperformen unter dem dünnen und in schmalen Falten drapierten Gewand ist flacher geworden, so daß die Statuette im Vergleich zur Münchener Immaculata wuchtiger erscheint. Sie entspricht darin der Nymphenburger Ceres aus dem Jahr 1782.

Eine Vorstellung von den nicht erhaltenen *Verkörperungen der drei göttlichen Tugenden* können die Puttenpaare gleichen Themas in der Klosterkirche Benediktbeuern aus dem Jahr 1789 geben, bei denen Boos beinahe wortwörtlich – soweit aus einem Vergleich mit der Zeichnung von 1860 ersichtlich – die Gruppen der Münchener Kanzel wiederholte. Alle drei Paare bekrönen den Hochaltartabernakel aus dem letzten Jahrzehnt des 17. Jahrhunderts, der durch seine ungewöhnliche Breite von 350 cm genügend Platz bietet. Links die zwei auf einer sehr flachen Wolkenbank sitzenden Putten mit dem Anker, dem Symbol der

Hoffnung, auf den der sich zum Betrachter wendende Engel verweist. Die erhöht angebrachte Gruppe in der Mitte umrahmt die Zeichen des Glaubens (Bibel, Kelch und Hostie), die der rechte Putto verehrt. Die beiden rechten Kinderengel umarmen sich innig als sichtbaren Ausdruck der Liebe, symbolisiert durch das flammende Herz in der Hand des rechten Putto. Während bei den unbefangen agierenden Putten von Günther oder Straub eine Anteilnahme am Geschehen mimisch durchaus ablesbar ist, veranschaulichen die Kinderengel von Boos die ihnen zugedachte Funktion nur durch ihre Gestik, die jedoch dem Betrachter nur mehr wenig gedanklichen Spielraum läßt, wie es besonders bei der Benediktbeurer Verkörperung der göttlichen Liebe der Fall ist. Der Aufbau der Benediktbeurer Puttenpaare erinnert noch an Beispiele des Rokoko. Die künstlerischen Absichten dieser Epoche indessen, die gerade in den überaus beliebten und überall anzutreffenden Puttendarstellungen zum Ausdruck kommen[80], lassen sich in der zwar schönen, doch akademisch nüchternen Körperbildung und in den idealisierten Gesichtern kaum noch nachvollziehen.

Bei den *Brüstungsreliefs* der Münchener Kanzel bietet sich der Vergleich mit Günthers Marienreliefs an, die er und seine Werkstatt für das Chorgestühl der Frauenkirche geschaffen hat. Der Einfluß des älteren Bildhauers läßt sich bei den Tafeln von Boos nicht nur in einzelnen Details, wie z. B. in der Übernahme einiger Körperstellungen, erkennen, sondern auch im grundsätzlichen Verhältnis von Figuren- und Reliefgröße, in der Raumbildung und der Oberflächengestaltung. Doch während Günther Landschaft und Raum nur mehr oder weniger skizzenhaft andeutet, legt Boos beides übergenau fest und erreicht dadurch die Wirkung, als ob die einzelnen Raumschichten ohne kontinuierliche Tiefenwirkung – parallel – wie Kulissengassen einer Theaterbühne hintereinander gestaffelt wären.

Klosterkirche Benediktbeuren, Puttenpaare, 1789

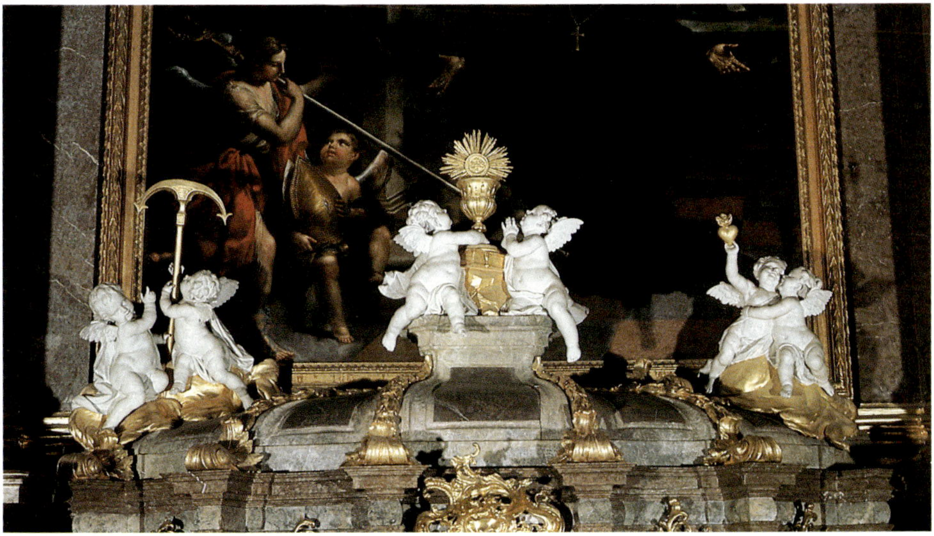

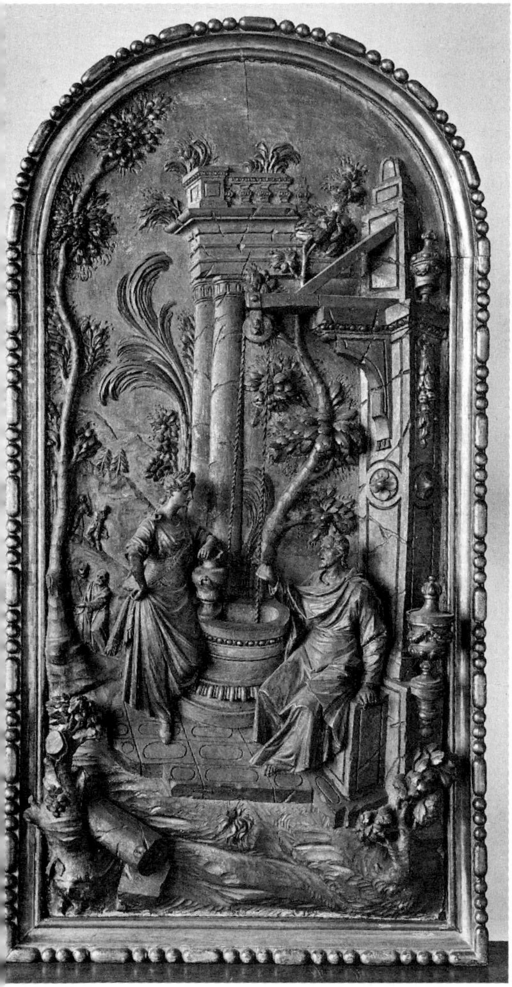

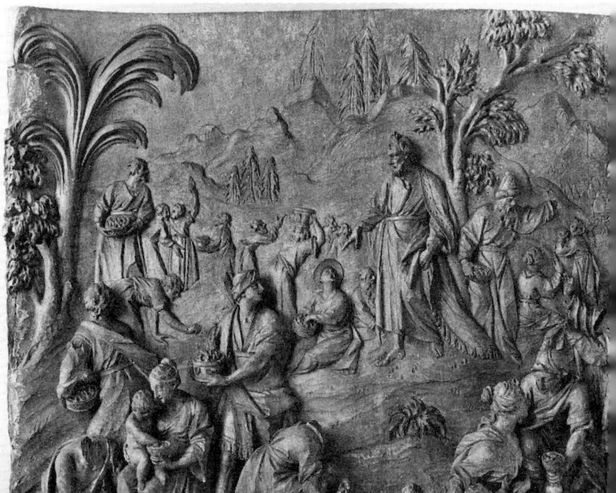

Kanzelreliefs, München, Bayerisches Nationalmuseum

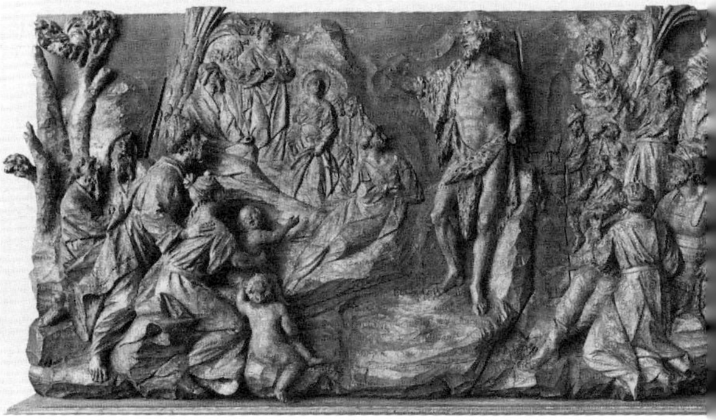

Das Geschehen konzentriert sich auf die jeweilige Hauptfigur, die von den übrigen auffällig isoliert erscheint. Die kompositionelle Einheit der vielfigurigen Reliefs droht dadurch manchmal auseinanderzufallen.

Bei der schwierigeren hochformatigen Darstellung von Jesus und der Samariterin am Brunnen überwiegen die kleinteilig und minutiös herausgearbeiteten Details. Die noch an Günther erinnernde unruhige Oberflächengestaltung der Brüstungsreliefs erscheint hier glatter, kühler und weniger auf Lichtbrechungen angelegt.

Kein Einzelfall am Ende des 18. Jahrhunderts ist die Entstehungsgeschichte der Ausstattung in der Pfarrkirche von Hörgertshausen. Sie wurde nicht mehr im Auftrag der Kirche geschaffen, sondern auf Privatinitiative des Professors für Medizin an der Ingolstädter Universität, Philipp Fischer, der sich sogar an Hofkünstler wandte, um die Kirche seines Geburtsortes ausschmücken zu lassen. 1791 vollendeten Christian Wink die Decken- und Wandmalereien und Roman Anton Boos ein Kruzifixus und die Kanzel.

Der (durch den Auftraggeber bedingte?) stilistische Rückschritt der weitaus kleineren Hörgertshausener Kanzel im Vergleich zur Münchener zeigt sich vor allem im sparsameren Dekor, der noch keine antikischen Ornamentformen, sondern immer noch Rocaillemotive aufweist, die jedoch spürbar an Spannkraft verloren haben. Den Schalldeckel bekrönt ein Putto mit den Gesetzestafeln, den Kanzelkorb schmücken drei Reliefs: 1. Der barmherzige Samariter, 2. Die Schlüsselübergabe an Petrus, 3. Jesus und das kanaanäische Weib am Brunnen.

Sowohl die Schlüsselübergabe als auch die Darstellung mit Jesus und der Samariterin wiederholen in den entscheidenden Passagen den Aufbau der Reliefs der Münchener Kanzel. Das dekorative Beiwerk und das intensive Bemühen um Raumillusion treten bei den Hörgertshausener Tafeln jedoch merklich zurück. Besonders bei der Darstellung mit dem barmherzigen Samariter fällt auf, daß die handwerkliche Ausführung im Vergleich zu den älteren Reliefs nachgelassen hat.

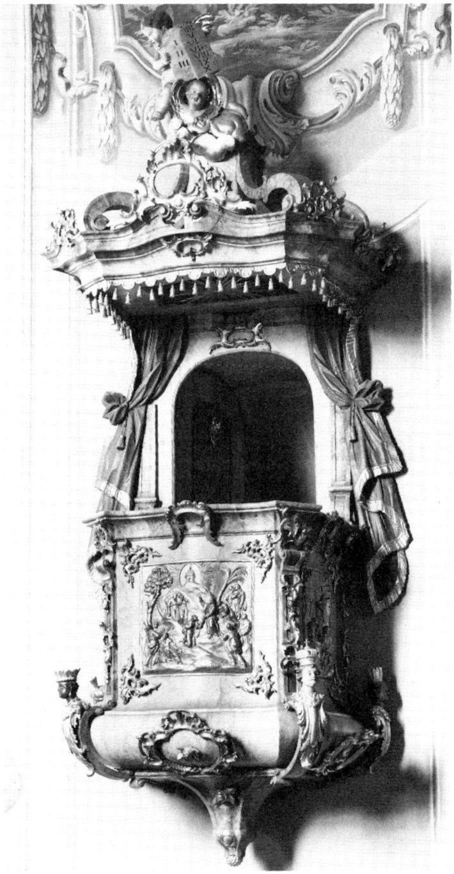

Kanzel mit dem Relief der Schlüsselübergabe an Petrus

Die Arbeiten am unteren Choraltar von St. Johann Nepomuk in München

Als im Jahr 1782, zwei Jahre nach Vollendung der Kanzel in der Frauenkirche, die Neugestaltung des unteren Choraltars von St. Johann Nepomuk, der Asamkirche, beschlossen wurde, bot sich für Boos noch einmal die Gelegenheit eines für damalige Verhältnisse bereits umfangreicheren kirchlichen Auftrags in München. Den Angaben Westenrieders zufolge lieferte Boos zwar ‚die Zeichnung', das heißt wohl den Entwurf, an der Ausführung wurden jedoch mehrere Künstler beteiligt[81].

Der 1783 vollendete Altar wiederholt in seinem Aufbau das Konzept des ursprünglichen Werkes, soweit sich dies aus den Quellen noch erschließen läßt: über einer mit Reliefs verzierten Altarbank der gläserne Sarkophag mit dem wächsernen Leichnam des Titularheiligen, darüber die von einem Strahlenkranz umrahmte Pyramide mit einer modernen Nachbildung der Zungenreliquie des hl. Johann Nepomuk in ihrer Mitte.

Von Boos stammen die beiden stilistisch noch dem Rokoko verhafteten Putten mit den über ihren Köpfen gebogenen, dreiarmigen Leuchtern seitlich der Altarbank und der einstmals imponierende Strahlenkranz mit Engelsköpfen und Wolken. Im Zuge der 1983 abgeschlossenen Restaurierungsarbeiten wurde diese Gloriole ‚drastisch gestutzt', um die bisher nicht sichtbare Asamsche Stuckdekoration hinter dem Altar stärker zur Geltung zu bringen[82]. Dieser Versuch, den ursprünglichen Zustand auf Kosten des stilistisch in sich stimmigen Altars von 1783 zu rekonstruieren, muß jedoch fragwürdig erscheinen, da weder Form noch Ausmaße des älteren Altaraufsatzes aus der Asamzeit eindeutig bekannt sind.

Die Reliefs im Chor der Benediktinerklosterkirche Ettal

Bestes Beispiel dafür, daß Boos im Bereich der Sakralplastik meist nur mit Einzelwerken betraut wurde, sind der Marienzyklus und die Folge mit Darstellungen aus dem Leben Christi im Chor der Klosterkirche Ettal. Es ist bezeichnend für die Entstehungszeit, daß die Ettaler Reliefs trotz dieser eingeschränkten Aufgabenstellung zu den umfangreichsten kirchlichen Arbeiten im Werk des Hofbildhauers zählen.

Bereits gegen 1772 hatte Boos eine Zeichnung für den Tabernakel des Ettaler Hochaltars angefertigt, die in engem Zusammenhang mit Günthers berühmtem Entwurf für diesen Altar von 1772 steht[83]. Beide Vorschläge blieben jedoch unausgeführt. Die heutige Anlage wurde 1788 von dem sonst wenig bekannten Salzburger Steinmetzmeister Joseph Lindner errichtet, wobei er sich in den Säulenstellungen mit der hohen Sockelzone an Günthers Zeichnung orientierte, die möglicherweise wiederum auf die Planung des Chorraumes von Henrico Zuccalli aus dem Jahr 1709 zurückgeht. Ein älteres Konzept lag vielleicht auch Günthers Absicht zugrunde, den Altarsockel mit Reliefs zu schmücken, die wohl *Szenen aus dem Marienleben* darstellen sollten. 1788 wurden die Reliefs dann von Boos in dem von Günther vorgesehenen Hochformat mit rundbogigen Schmalseiten ausgeführt.

Neben der Geburt Christi und der Flucht nach Ägypten, die beide nicht marianisch verstanden werden können[84], stellen die restlichen acht Reliefs die Marienfeste des Kirchenjahres dar und wurden dem Werdegang Mariens entsprechend angebracht (hier mit den Festdaten nach dem alten ‚Missale Romanum'): 1. Die Verheißung der unbefleckten Emp-

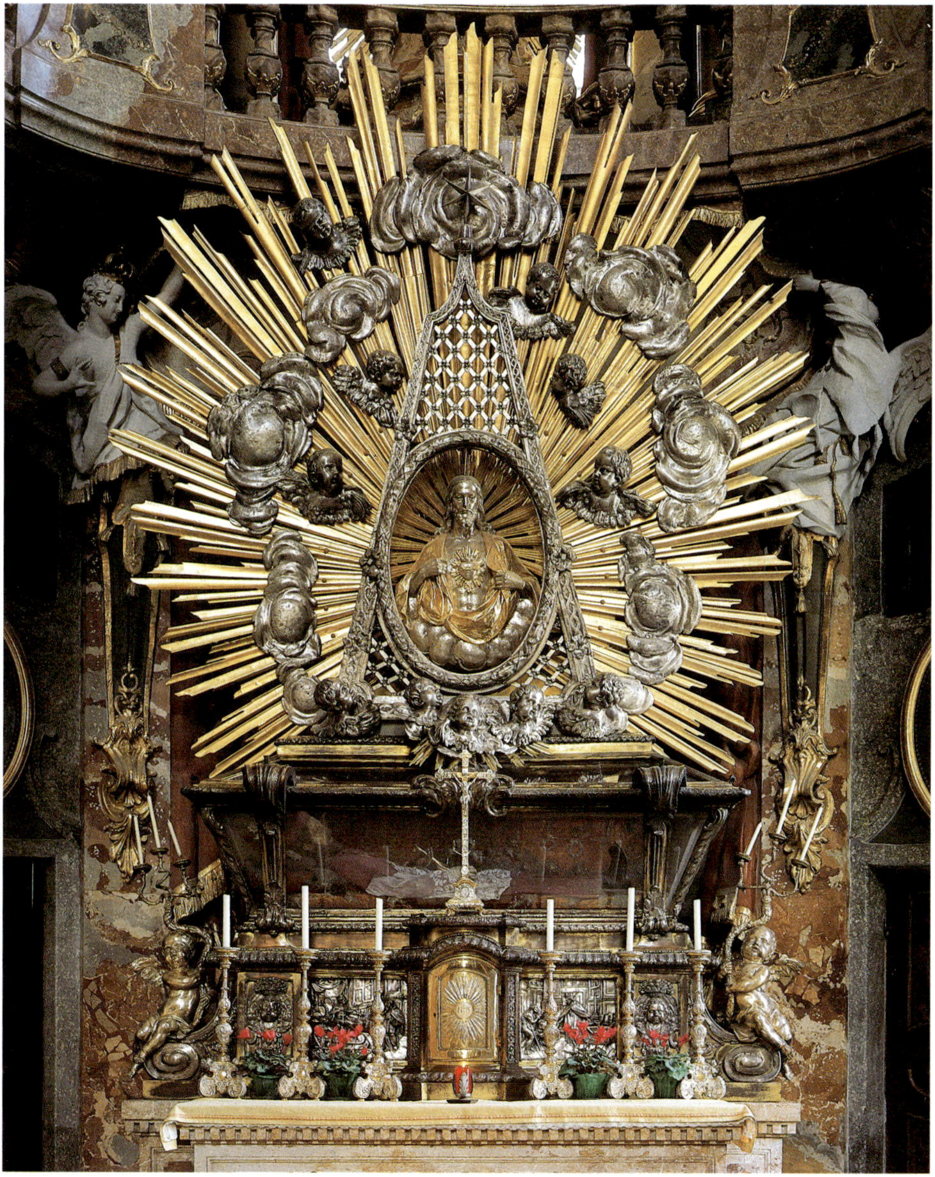

Unterer Choraltar, St. Johann Nepomuk in München

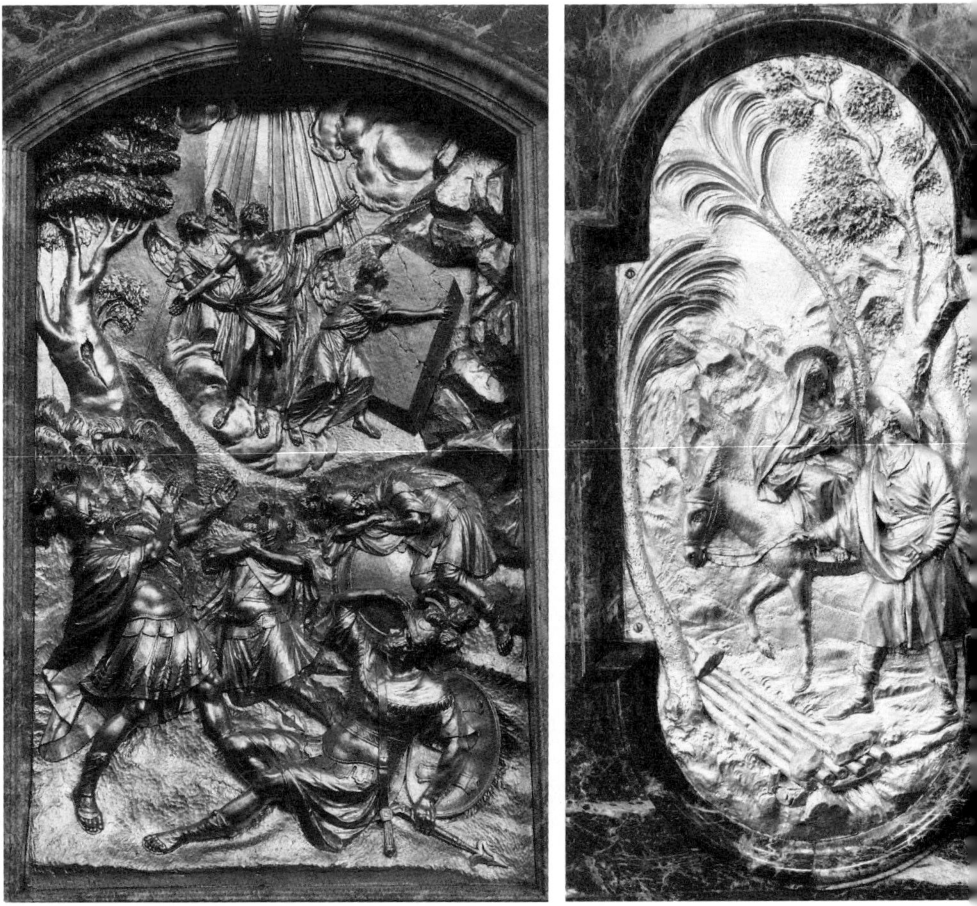

Reliefs in der Klosterkirche Ettal: links Auferstehung Christi, 1790; rechts Flucht nach Ägypten, 1788

fängnis an die Stammeltern Adam und Eva (8. 12.), 2. Geburt Mariens (8. 9.), 3. Tempelgang Mariens (21. 11.), 4. Verkündigung an Maria (25. 3.), 5. Vermählung Mariens (23. 1.), 6. Mariä Heimsuchung (2. 7.), 7. Geburt Jesu (25. 12.), 8. Märiä Reinigung (= Lichtmeß 2. 2.), 9. Flucht nach Ägypten (17. 2.), 10. Tod Mariens (15. 8.).

Annähernd das gleiche, schwierige Hochformat hatte Günther auch bei seinen Marienreliefs für die Münchener Frauenkirche gewählt. Bei beiden Zyklen wölbt sich zur besseren Vorbereitung des Raumes eine bühnenartige schiefe Ebene vor, die Boos im Unterschied zu Günther allerdings nur andeutungsweise zur Bewältigung der Tiefenwirkung nützte (etwa bei der Darstellung des Marientodes). Der Vorhang, den Günther auf seiner Tafel gleichen Themas als reizvolles Mittel zur Steigerung der Perspektive einsetzte, versperrt hier den Blick in den Hintergrund, so daß die vor ihm dicht zusammengedrängten Figuren wie ausgeschnitten und aufgeklebt wirken.

Die schon bei den Münchener Kanzelreliefs beobachtete Überladung mit minutiös ausgearbeiteten Details tritt in Ettal noch auffälliger in Erscheinung. Die architektonischen Elemente der Heimsuchungs- und Tempelgangtafel, die teilweise unübersichtlich und manchmal auch nicht im richtigen Verhältnis zueinander in den Raum eingestellt sind, führen ein zu starkes Eigenleben, als daß sie den Figuren rahmenden Halt zu geben vermögen. Der Vergleich mit dem sehr ähnlich gestalteten Tempelgang von Günther zeigt, wie sehr Boos um antikisch anmutende Gestalten bemüht war. Die für sich eindrucksvoll wiedergegebenen Einzelfiguren oder -gruppen eignen sich jedoch nur wenig für einen szenischen Zusammenschluß. Die Darstellung der Geburt Christi mit der abrupt abgeschnittenen Kulisse zeigt dies besonders deutlich.

Eines der gelungensten Reliefs ist die Flucht nach Ägypten. Maria und Joseph ziehen durch eine schlichte Landschaft, die durch klare räumliche Verhältnisse Ruhe und Ausgeglichenheit vermittelt. Auf der Verkündigungstafel indessen erzeugen das mit einem Korb voll Rosen spielende, allzu drollige Puttenpaar am rechten Bildrand und das Nähzeug auf dem Betstuhl Mariens eine beinahe biedermeierliche Idylle. Die ikonographische Bedeutung der Darstellung erscheint dabei fast zweitrangig. Diese beginnende Säkularisierung religiöser Themen hatte sich bereits bei den Verkörperungen der drei göttlichen Tugenden in Benediktbeuern angedeutet.

Läßt man alle Ettaler Marienreliefs noch einmal Revue passieren, so besitzen jene Reliefs, die eindeutig von Günthers Zyklus in der Frauenkirche abhängig sind, die größte räumliche Tiefe. Bei den weitgehend eigenständig entworfenen Tafeln dagegen agieren die Figuren in einem nur mehr schmalen Raumstreifen. Gleichzeitig neigte Boos zu einer immer glatter und kühler werdenden Oberflächenbehandlung.

Bei den zwei Jahre später (1790) entstandenen vier vergoldeten Holzreliefs mit Darstellungen aus dem *Leben Christi* (Taufe im Jordan, Verklärung, Kreuzigung, Auferstehung) in den Bogenfeldern der Presbyteriumswand der Ettaler Klosterkirche achtete Boos noch weniger als bei den Marienreliefs auf eine kontinuierliche Tiefenstaffelung des Raumes. Die Auferstehungstafel beispielsweise unterteilte er in ein oberes und ein unteres Bildfeld. Der Grund liegt vermutlich in der ungewöhnlichen Größe von immerhin 250 × 150 cm.

Als „Zeugnisse einer Zeit, die für Darstellungen dieser Art kein eigentliches, spontan religiöses Interesse mehr hatte", hat P. Laurentius Koch die Boos'schen Reliefs gewertet, ihnen jedoch „eine wichtige belebende Funktion für den Ettaler Chorraum"[85] zugestanden.

Die Kruzifixus-Darstellungen

Die für den überlebensgroßen Gekreuzigten in der *Wallfahrtskirche Wemding* nicht gesicherte Datierung in das Jahr 1780 läßt sich durch einen Vergleich mit den gleichzeitig entstandenen Herkulestaten der Münchener Residenz erhärten. Auch für den Wemdinger

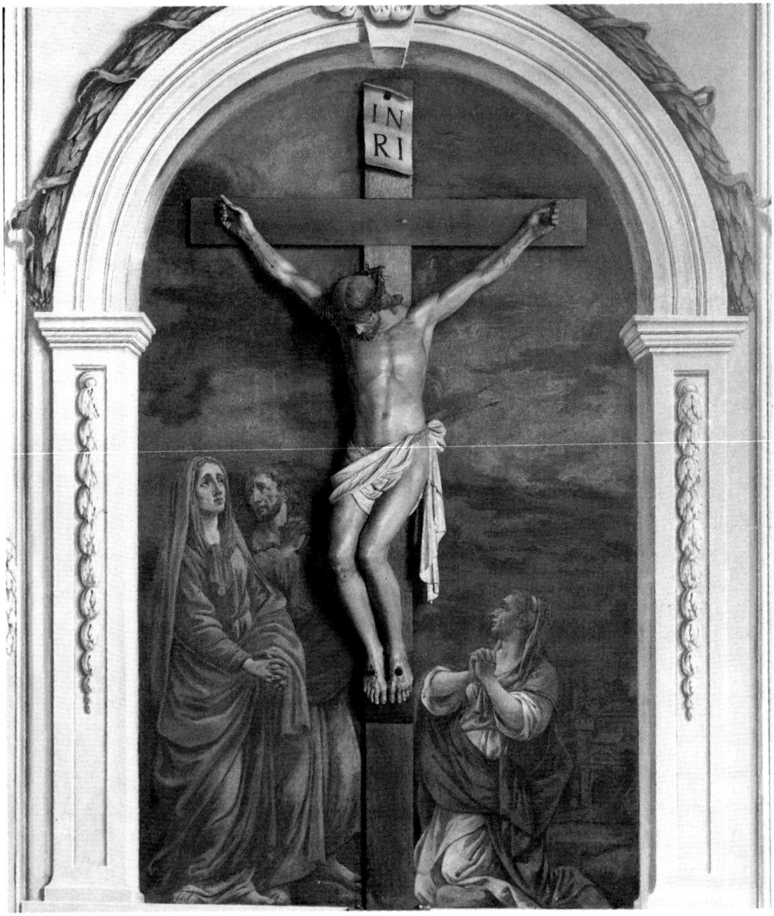

Kruzifixus von Hörgertshausen, 1791

Christus ist ein wenig gegliederter, nur oberflächlich durchgeformter Körper kennzeichnend. Der um 1783 entstandene, ebenfalls überlebensgroße Kruzifixus über dem Hochaltar der *Pfarrkirche in Miesbach* hat weniger Körperfülle, dafür aber einen betonten S-Schwung, der durch die zu schmal geratenen, modernen Kreuzbalken noch stärker zur Geltung kommt. Bei dem letzten großen Kruzifixus, jenem in *Hörgertshausen* von 1791, der einer gemalten Kreuzigungsgruppe von Christian Wink mit Maria, Johannes und Magdalena einbezogen ist, ist die Seitwärtsbewegung der Beine noch ausgeprägter. Er unterscheidet sich jedoch vom Miesbacher Kruzifixus durch eine linearere Behandlung des schmaleren Körpers in gebrochenem Weiß, wodurch nicht nur eine Angleichung an die gemalte Umgebung, sondern auch eine Zurücknahme der Leidensschau erreicht wird.

Die Evangelistenfiguren in Altötting

Der letzte kirchliche Auftrag, die vier Evangelistenfiguren für die Stadtpfarrkirche St. Philipp und Jakob in Altötting, stellte noch einmal eine ehrenvolle Aufgabe dar. Der Vertrag von 1796 sah zunächst vor, daß Boos für jede Figur 150 fl erhalten sollte. Wenig später sah man sich jedoch nicht mehr in der Lage, diesen Preis zu bezahlen, und so sollte der Auftrag sogar zurückgenommen werden. Um dies zu verhindern, erklärte sich Boos bereit, für die halbe Summe zu arbeiten.

Lukas und Johannes mit ihren Symbolen Stier und Adler wenden sich beide zum Chor. Markus und Matthäus mit dem Löwen bzw. dem auf einer Wolke stehenden Putto widmen sich dagegen aufmerksam ihren Schriften zu. In ihren eckigen, bei Lukas und Johannes auch kontrastreichen Bewegungen erinnern sie an Boos' erste Werke, an die Stifterfiguren in der Klosterkirche Fürstenfeld; die spannungslos drapierten Gewändern mit ihren schmalen, flachen Falten können jedoch die späte Entstehungszeit nicht verleugnen.

Die Evangelistenfiguren in Altötting lassen jene Präzision der Körperbildung vermissen, die einmal eine Spezialität von Boos war, wie das Beispiel einer Figur des hl. Sebastian in den Staatlichen Kunstsammlungen in Kassel zeigt, die ihm Gerhard Woeckel aufgrund stilistischer Ähnlichkeiten mit der Nymphenburger Bacchusstatue und Boos' Selbstportrait zuschrieb[86a]. Doch dieser vorzüglich geschnitzte Sebastian ragt selbst im Vergleich mit den besten Werken von Boos auffällig heraus.

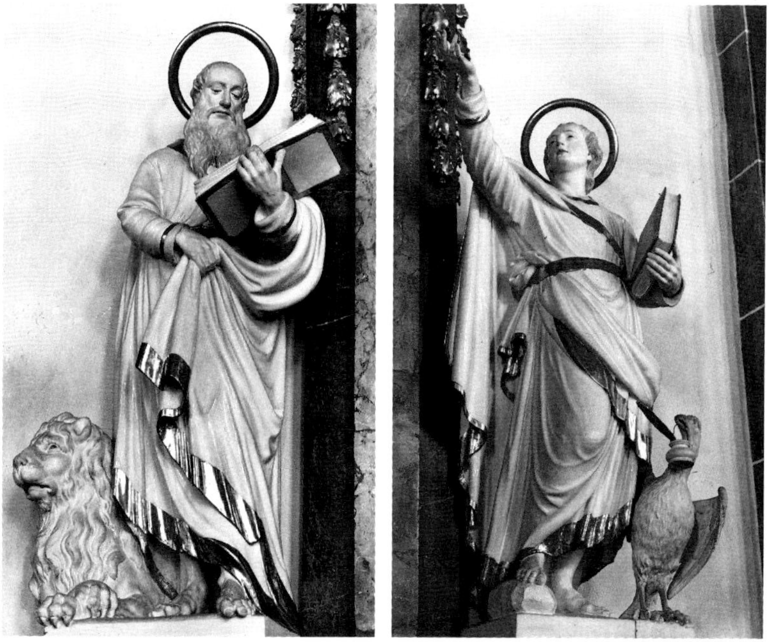

Altötting: links hl. Markus, rechts hl. Johannes

Die Grabmäler

Fast alle Grabmäler stammen aus dem letzten Jahrzehnt des 18. Jahrhunderts, als Boos sowohl vom kurfürstlichen Hof als auch von der Kirche nur noch vereinzelte Aufträge erhielt. Immer mehr von den weltlichen und geistlichen Institutionen ihrer offiziellen Rolle beraubt, wurde die bildende Kunst in die Privatsphäre wohlhabender Adeliger und Bürger abgedrängt, die einem Bildhauer wie Boos durch ihr Bedürfnis nach einer repräsentativen Ruhestätte weiter die Möglichkeit gaben, sich künstlerisch zu entfalten und das geringe Gehalt eines Hofbildhauers aufzubessern.

Den Anfang machte das monumentale Grabdenkmal des 1787 verstorbenen *Grafen Joseph Franz von Seinsheim* in der Pfarrkirche von Sünching mit einem scharf gezeichneten Reliefbildnis im Profil, das die charakteristischen Gesichtszüge des Grafen ohne Verschönerung herausstellt.

Auch im Portrait des *Grafen zu Daun* vom Wandgrab in der Katharinenkapelle der Peterskirche in München (1795) springt das Profil deutlich hervor, die heroisierende Haltung bleibt davon jedoch unangetastet.

Die Grabstätten auf dem alten Südlichen Friedhof in München bieten heute nur mehr ein trauriges Bild: Das Grabmal der *Familie Pilon* wurde im Zweiten Weltkrieg zerstört und jenes der *Familie von Gumppenberg* an der östlichen Mauer ist so stark verwittert und aus-

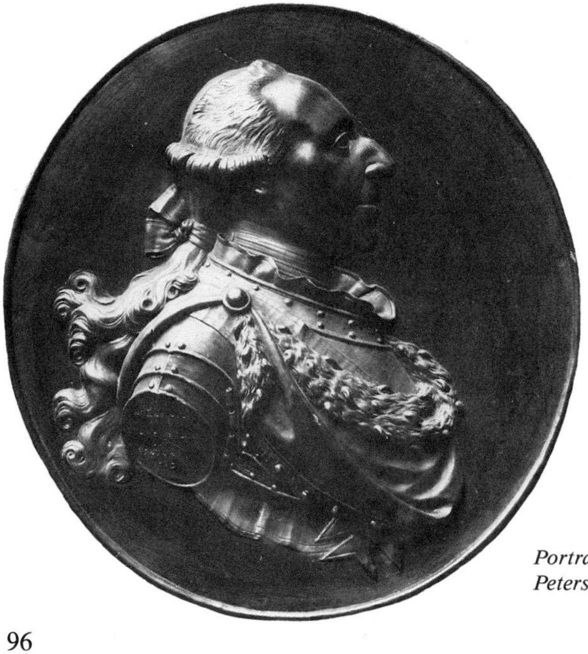

Portrait des Grafen zu Daun, Peterskirche in München

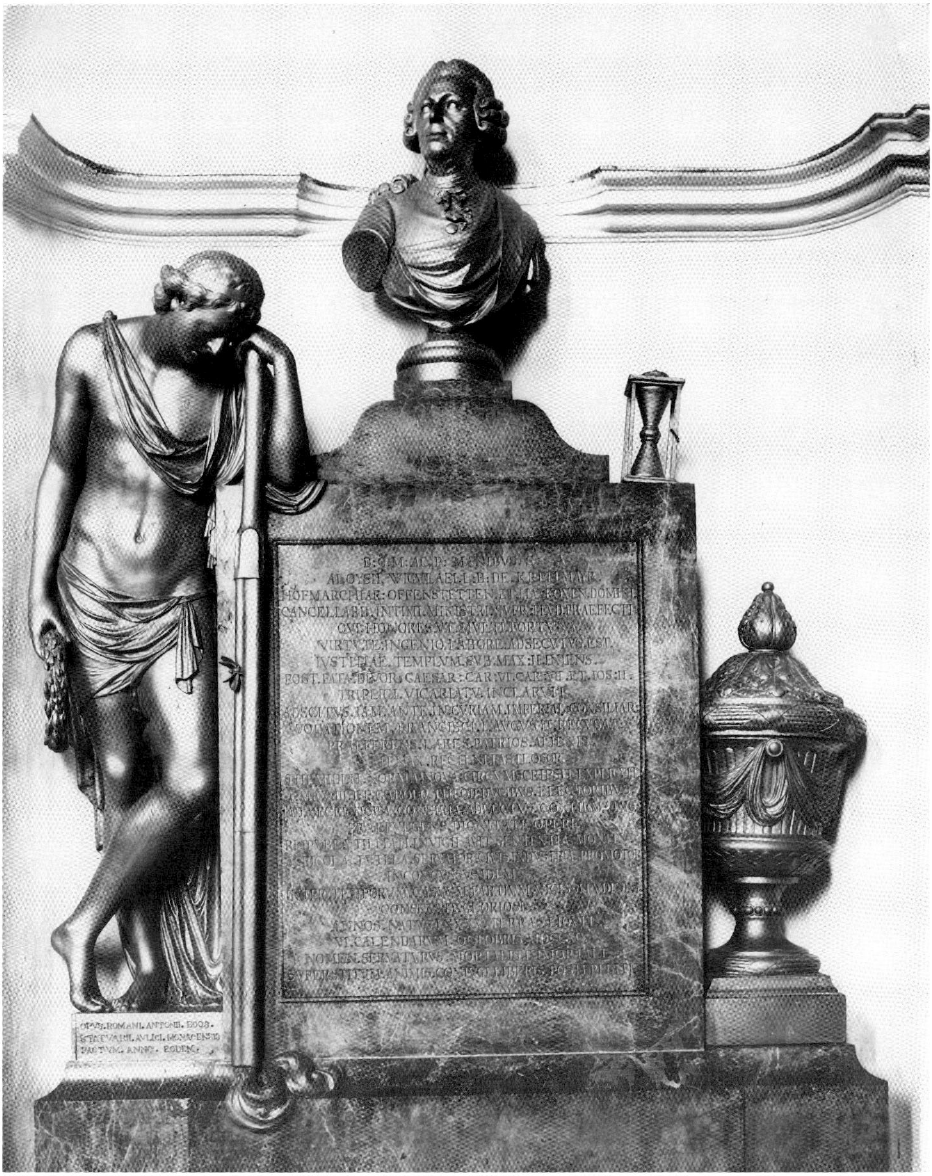

Grabdenkmal des Aloys von Kreitmayr in der Pfarrkirche von Offenstetten

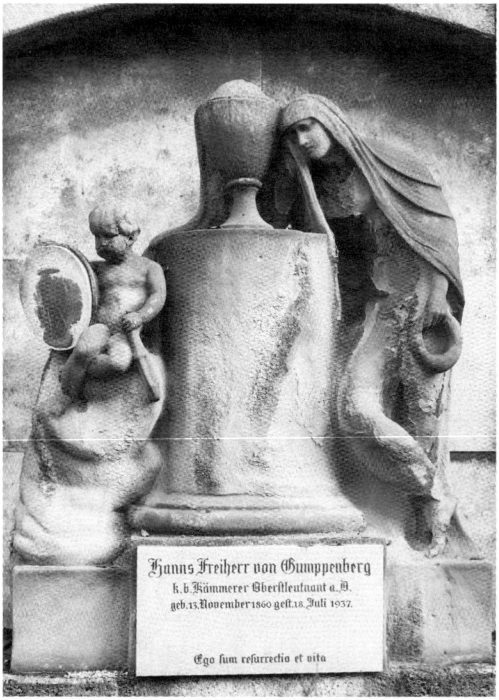

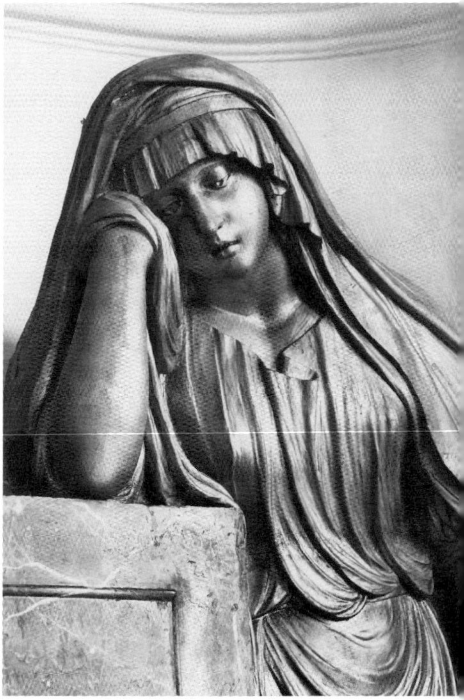

Links Grabmal der Familie von Gumppenberg; rechts Detail aus dem Grabdenkmal der Gemahlin von Aloys von Kreitmayr, Offenstetten

gebessert, daß die Figur einer Trauernden und der Putto mit dem Wappen vor einer Giebelarchitektur ihre ursprüngliche Wirkung nur noch erahnen lassen. Unmittelbar daneben befindet sich das Denkmal der *kurpfalzbairischen Edelknaben* mit einem trauernden Puttenpaar vor einer Pyramide, die von einer weiblichen Büste bekrönt wird. Dieser von einem Tuch symmetrisch umrahmte Frauenkopf erinnert in seinem Aufbau an die Personifikation der Religion vom Grabmal der zweiten Frau von Straub, Elisabeth Theresia, die Franz Xaver Messerschmidt im Jahr 1774 geschaffen hat[86b]. Während jedoch die betont schlichte Büste der Religio auf dem Buch mit den Sieben Siegeln aus der Offenbarung des Johannes mit ihrem geheimnisvollen Gesichtsausdruck über ihre Entstehungszeit hinausweist, wird man in der Büste von Boos noch jener damals bereits altertümlichen, barocken Theatralik gewahr, die auch dem konventionellen Gesamtkonzept des Grabmals zugrunde liegt[87].

Bei den Grabdenkmälern für den kurbayerischen Kanzler und Reichsfreiherrn *Aloys von Kreitmayr* und seine Gemahlin in der Pfarrkirche von Offenstetten taucht jedoch ein neuartiges, kontemplatives Moment auf. Zwar ist der Aufbau der von den Büsten der Verstorbenen bekrönten Grabmäler in Wandnischen mit Trauerfiguren und Urnen noch traditionell – ein Blick auf das von Straub 1745 ausgeführte Grabmal mit dem Herzen Kaiser Karls VII. in der Heiligen Kapelle von Altötting beweist dies[88] –, doch sind sie in der Gestaltung um vieles einfacher und verhaltener als dieses Beispiel. Ohne aufgesetztes Pathos vergegenwärtigen der Todesgenius und die Figur einer Trauernden in ihrer betonten Frontalansichtigkeit und zurückgenommenen Körperlichkeit die Vergänglichkeit des Daseins, so daß es des Stundenglases gar nicht mehr bedürfte, um den Memento-mori-Gedanken zum Ausdruck zu bringen. Die beiden Offenstettener Portraitbüsten dagegen stehen immer noch auf der Stilstufe der 20 Jahre älteren Bildnisse von Max III. Joseph.

Die Marmorbüste des 1801 verstorbenen Brauers *Joseph Schmetterer* am Wandgrab in der Pfarrkirche von Dachau, Boos' letztes bekanntes Werk, erscheint zwar durch die strengere Form moderner im Aufbau, dafür sind aber die Gesichtszüge ungewöhnlich flach dargestellt.

Im Marmor-*Selbstbildnis,* das Boos um 1790 geschaffen haben dürfte und vermutlich von Anfang an für sein Grab auf dem Südlichen Friedhof in München vorgesehen hatte, vereinigte er Form und Inhalt in einer beeindruckenden Synthese. Die heute im Bayerischen Nationalmuseum aufbewahrte Büste zeigt den Künstler in einem knappen, gleichmäßig umrissenen Brustausschnitt und einer nach links gerichteten Kopfhaltung. Die Gestaltung des Haares mit den seitlichen Locken und die aus Leibrock, Hemd und Halsbinde bestehende Kleidung treten zugunsten der ernsten Gesichtszüge mit ausgeprägten Falten um Mund und Nase und den tief ausgehöhlten Pupillen merklich zurück. Die im Portrait selbst angestrebte Objektivierung innerer Klarheit und geistiger Präsenz wurde in der lateinischen Sockelinschrift in Worte gefaßt: „Vivitur ingenio", zu ergänzen ist „caetera mortis erunt" („Wir leben durch den Geist, das Übrige wird dem Tod gehören"). Dieser Spruch, der auch auf dem Kupferstich-Bildnis des Nürnberger Humanisten Willibald Pirckheimer von Albrecht Dürer (1524) geschrieben steht – offensichtlich kannte es Boos –, „ist ein dem Aufstellungsort angemessener Hinweis auf die Vergänglichkeit, der die Zuversicht einer nachhaltigen Wirkung der geistigen Leistungen einschließt"[89].

Boos mag dabei vor allem an die von ihm initiierte Akademiegründung gedacht haben, die er mehrmals mit Stolz in Erinnerung brachte. Die radikale Verwirklichung der in diesem Rahmen proklamierten Forderungen an die Kunst blieb ihm jedoch weitgehend versagt und zwar wohl deshalb, weil er schon aufgrund seiner Ausbildung und späteren Stellung am Hof noch stark der Tradition verpflichtet war. Die klassizistisch anmutende Gestalt der Trauernden und besonders der Todesgenius in Offenstetten beispielsweise können sich in den herkömmlich aufgebauten und mit barocker Todessymbolik ausgestatteten Grabmälern noch nicht adäquat entfalten. Zu der Selbstsicherheit, die aus der Inschrift seines Bildnisses spricht, gesellt sich mit der Ernsthaftigkeit des Gesichtsausdrucks eine gewisse Skepsis, die vermuten läßt, daß ihm dieser Konflikt durchaus bewußt war.

Nachwort

Der Vergleich zwischen Sakralplastik und höfischen Werken zeigt, daß von einer stilistischen Kontinuität in Boos' Werk – wohl auch bedingt durch die verschiedenen Auftraggeber – nicht die Rede sein kann. Während seine Sakralplastik noch weitgehend auf den Gestaltungsprinzipien des Barock und Rokoko fußt, versuchte Boos gleichzeitig in einigen Arbeiten für den kurfürstlichen Hof neue Wege zu gehen, die in engem Zusammenhang mit seinen Akademiebestrebungen standen.

Die Stifterfiguren in Fürstenfeld, Boos' erste Werke, können die formale Abhängigkeit von Sturms Kaiserfiguren nicht verleugnen, und auch die Immaculata der Münchener Kanzel läßt sich trotz ihrer gedrungenen Gestalt und der zurückgenommenen Raumhaltigkeit mühelos in die Reihe älterer Darstellungen einfügen. In seinen Reliefs für München, Ettal und Hörgertshausen bezog sich Boos teilweise direkt auf Günthers Marienzyklus in der Frauenkirche. Die Isolierung einzelner, oftmals hervorragend herausgearbeiteter und antikisch anmutender Gestalten deutet zwar den Versuch einer stilistischen Veränderung an, die jedoch innerhalb des barocken Raumillusionismus, den Boos immer noch beibehielt, nicht angemessen zur Geltung kommen kann. Die Altöttinger Evangelistenfiguren schließlich, Boos' letzte monumentale Sakralwerke, stehen in ihrem Aufbau wiederum auf einer Stilstufe mit den Fürstenfelder Stifterfiguren.

Je mehr sich Boos bei seinen Nymphenburger Götterstatuen von vorgegebenen Modellen lösen konnte, desto größer wird nicht nur der Abstand zu seinen sakralen Werken, sondern desto sichtbarer wird auch der Einfluß antikischer Stichvorlagen. Zu den Statuen wie Venus oder Apoll, in denen er das akademische Lehrprogramm in die Praxis umzusetzen versuchte, läßt sich in der bayerischen Plastik jener Zeit nichts Vergleichbares entdecken. Selbst in Boos' Werk bilden sie eher die Ausnahme; so beruhen z. B. die Herkulestaten in der Münchener Residenz, die ja ebenfalls ein Thema aus der antiken Mythologie darstellen, weit weniger auf dem Antikenstudium. Der Grund liegt wohl darin, daß bereits – wie so oft – das Konzept eines anderen Künstlers (in diesem Fall von Kaspar Riedl) vorlag.

Es muß für Boos demütigend gewesen sein, daß ihm das kurfürstliche Hofbauamt nur selten die Freiheit eigenständiger Entwürfe zugestand. Bestes Beispiel hierfür ist die Dekoration der Fassade von St. Kajetan. Welche Rolle dabei die einzelnen Künstler tatsächlich spielten, werden wir wohl nie erfahren, da uns nur Boos' verbitterte Stellungnahme überliefert ist. Seine Klage über die Vorherrschaft der Holzbildhauer in München wurde ihm meist als Gehässigkeit und Neid gegenüber Günther ausgelegt; wahr ist indessen, daß Boos, der wohl als einziger in München die Technik der Steinbearbeitung von Grund auf beherrschte, erst dann zum Zuge kam, nachdem Günther gescheitert war. Die Kritik an Boos' Fassadendekoration beruht vor allem darauf, daß er die Entwürfe Günthers, die noch einmal Höhepunkte des Rokoko darstellen, nicht vollständig umsetzen konnte oder wollte. Dabei wird jedoch außer acht gelassen, daß selbst Cuvilliés, der leitende Baumeister, diese Entwürfe als nicht mehr adäquat für die gestellte Aufgabe betrachtete.

Die Zeit war reif für Veränderungen, und zwar sowohl im Formalen als auch in der

Funktion von Kunst im allgemeinen. Beides kommt in Boos' Werk – wenn auch nur andeutungsweise – zum Ausdruck: Die Abhängigkeit vom Rokoko ist auffälligerweise gerade bei den kirchlichen Arbeiten am größten, also dort, wo eine von der Aufklärung noch weitgehend unbeeinflußte Geisteshaltung zugrunde lag. Die Abhängigkeit tritt zurück bei den Nymphenburger Gartenstatuen und den Herkulestaten in der Residenz. Zunächst noch für den höfischen ‚Gebrauch' gedacht, wurden beide Zyklen bald der Allgemeinheit zur Besichtigung freigegeben: Kunst diente nun nicht mehr als Mittel zur kurfürstlichen Selbstdarstellung, sondern als „Instrument der Aufklärung und Bildung"[90], getragen vom Bürgertum, das immer mehr an Einfluß gewann. Im Bereich der Grabplastik, einem der wichtigsten Ausdrucksmittel bürgerlicher Gesinnung am Ende des 18. Jahrhunderts, schuf Boos bezeichnenderweise seine modernsten Werke.

Sein Schüler Franz Jakob Schwanthaler entwickelte diesen Stil weiter, doch die künstlerische Qualität der Arbeiten seines Lehrers konnte er nicht erreichen. Im Vergleich mit den Offenstettener Grabfiguren von Boos wirken Schwanthalers Statue des ‚Harmlos' (1803) und die weiblichen Trauergestalten an der Grabstätte Lunglmayr (gegen 1805, alter Südlicher Friedhof in München) und in Rothenburg o. d. T. (1818/20) zwar antikischer, in der Körperbildung treten jedoch einige gravierende Mängel auf. Das Schwanken zwischen einem beginnenden Klassizismus und barocken Traditionen ist bei Schwanthaler sogar noch ausgeprägter als bei Boos. Der Ölbergchristus in St. Peter in München (1795) beispielsweise erinnert auffallend an ein Werk in der Stadtpfarrkirche von Ried im Innkreis, das ein berühmter Vorfahre, Thomas Schwanthaler, kurz vor 1680 geschaffen hatte[91].

Es war einem anderen Schüler von Boos, Konrad Eberhard, vorbehalten, einen einheitlichen klassizistischen Stil zu verwirklichen. Am Anfang stehen zwei Werke, die Eberhard während seines nachhaltigen Studienaufenthaltes in Rom ausgeführt hat: Leda mit dem Schwan (1810) und Satyr mit Bacchusknaben (1812) im Südlichen Kabinettsgarten des Nymphenburger Parks, den Roman Anton Boos eine Generation vorher mit einer Statuenfolge antiker Götter ausgestattet hatte.

Anmerkungen

BayHSTA = Bayerisches Hauptstaatsarchiv München, Abteilung I, Allgemeines Staatsarchiv

1a A. Feulner, Bayerisches Rokoko, München 1923, 125.
1b C. v. Lippert, in: Kunstzeitung der Kayserlichen Academie zu Augsburg, 1770, 181.
2 Ebd.
3 BayHSTA, H.R. Fasz. 279, Nr. 14; Erlaß vom 4. März 1770.
4 BayHSTA, M.F. 10978.
5 Lippert (wie Anm. 1b), 181.
6 BayHSTA, (wie Anm. 4).
7 Ebd.

8 L. WESTENRIEDER, Jahrbuch der Menschengeschichte in Bayern, Bd. 1, Teil 1, München 1782, 150ff.

9 I. A. BREITENAUER, Beschreibung des Weidt und Wöldberümbten Ignaz Alexander Breitenauer, (Magistrat der Stadt Eichstätt) zitiert nach R. JOHNEN, Roman Anton Boos. Kurfürstlicher Hofbildhauer zu München, 1733-1810, in: Münchener Jahrbuch f. bild. Kunst, N.F. 12, 1937/38, 281-320, 288.

10 BayHSTA, H.R. Fasz. 281, Nr. 79.

11 Ebd. Nr. 80.

12 BayHSTA, (wie Anm. 4).

13 BayHSTA, H.R. Fasz. 281, Nr. 80.

14 BayHSTA, (wie Anm. 4).

15 Ebd.

16 BayHSTA, Ntr. Fasz. 59, Nr. 36.

17 P. VOLK, Münchener Rokokoplastik. Bayerisches Nationalmuseum Bildführer 7, München 1980, 111, Anm. 31.

18 Ebd., 111, Anm. 32, 33.

19 Zitiert nach VOLK, (wie Anm. 17), 112, Anm. 35.

20 G. WOECKEL, Die Handzeichnungen des kurfürstlich bayerischen Hofbildhauers Franz Ignaz Günther 1725-1775, Weißenhorn 1975, 507ff.

21 A. FEULNER, Münchener Plastik des späten Rokoko, in: Festschrift des Münchener Altertumsvereins, München 1914, 174f.

22 Zitiert nach R. MESSERER, Briefe an den Geh. Rat Joh. Caspar v. Lippert in den Jahren 1758-1800, in: Obb. Archiv, Bd. 96, 1972, 57f.

23a WOECKEL (wie Anm. 20), 514ff.; VOLK (wie Anm. 17), 113, 167.

23b VOLK (wie Anm. 17), 113.

24a Aus dem die Abtragung des Brunnens betreffenden Antrag des kurfürstlichen Polizeidirektors Baumgartner, zitiert nach G. WOECKEL, Die Brunnenanlagen vor dem Münchener Jesuitenkloster im Wandel der Jahrhunderte II, in: Alte und moderne Kunst, 77, 1964, 22 (Teil I, 76, 1964, 9-17).

24b LIPPERT (wie Anm. 1b) 1770, 181, zitiert nach WOECKEL (wie Anm. 24a), 22. Vgl. auch JOHNEN (wie Anm. 9), 294, 306f. (Kat. Nr. 7).

25 BayHSTA H.R. Fasz. 281, Nr. 80.

26 LIPPERT (wie Anm. 1b), 157.

27 Ebd. 1771, 89ff.

28 E. v. STIELER, Die königliche Akademie der bildenden Künste zu München. Festschrift zur Hundertjahrfeier, München 1909, 5.

29 Wie Anm. 25.

30 L. WESTENRIEDER, Beschreibung der Haupt- und Residenzstadt München, München 1782, 71.

31 Wie Anm. 25.

32 BayHSTA H.R. Fasz. 279, Nr. 14.

33 Ebd., Nr. 16.

34 WESTENRIEDER (wie Anm. 30), 71.

35 BayHSTA MK 14091 Bl. 18.

36 Aus einem Brief von Schelling an Klenze vom 5.3.1810, zitiert nach O. HEDERER, Klassizismus, München 1976, 12.

37 Wie Anm. 1b, 1771, 284ff.

38 Wie Anm. 1b, 1772, 207ff.

39 L. WESTENRIEDER, Beiträge zur vaterländischen Historie, Geographie, etc., Bd. 8, München 1808, 419ff.

40 Archiv der Wiener Akademie der bildenden Künste, ex 1774.
41 Wie Anm. 13.
42a Zur Auftragsgeschichte s. besonders: P. VOLK, Zur Geschichte der Nymphenburger Gartenplastik 1716–70, in: Münch. Jahrb. f. bild. Kunst, 18, 1967, 211–240. Ders., Zur Entstehung der Statuenfolge antiker Götter im Nymphenburger Garten, in: Ars Bavarica, 10, 1978, 63–68.
42b G. WOECKEL, Beiträge zu dem höfischen Werk des Bildhauers Johann Baptist Straub, in: Alte und moderne Kunst, 142/143, 1975, 29, 37, Abb. 1, 23.
42c VOLK, Ars Bavarica (wie Anm. 42a), 65.
43 Wie Anm. 10.
44 VOLK, Münch. Jahrb. (wie Anm. 42a), 228.
45 Ebd.
46 Wie Anm. 1b, 1771, 220ff.
47 Ebd., 222f.
48 J. v. SANDRART, Teutsche Academie der Bau- Bild- und Mahlerei-Künste, Nürnberg 1675–79, 2/2 Taf. Fff.
49 Ebd. 2/2 Taf. P.
50 Vgl. A. NAVA CELLINI, Francesco Duquesnoy, Mailand 1968, Abb. IV, V.
51 Wie Anm. 48, Taf. O.
52 Die Statue der S. Susanna befindet sich in Rom/S. Maria di Loreto und ist 1629–1633 entstanden.
53 S. THOMASSIN, Recueil des Figures, Groupes, Thermes. . . de Versailles, Amsterdam 1695 bis 1708, Taf. 89. Eine deutsche Ausgabe wurde 1710 in Augsburg von F. Leopold herausgegeben. Vgl. hierzu WOECKEL (wie Anm. 20), 411.
54 THOMASSIN (wie Anm. 53), Taf. 108.
55 Wie Anm. 48, Taf. M.
56 Die Forderung Winckelmanns ‚nach dünnen und nassen Gewändern' war die konkreteste und für den Künstler am einfachsten nachzuvollziehen. Vgl. J. J. WINCKELMANN, Gedanken über die Nachahmung der griechischen Werke in der Malerei und Bildhauerkunst (1755), hrsg. v. L. Uhlig, Stuttgart 1977, 19.
57 L. O. LARSSON, Adrian de Vries, Wien/München 1967, 104.
58 Wie Anm. 56, 10.
59 WESTENRIEDER (wie Anm. 8), 150.
60 Vgl. hierzu VOLK, Münch. Jahrb. (wie Anm. 42a), 222.
61 Vgl. hierzu K. A. SCKELL, Das Lustschloß Nymphenburg und seine Gartenanlagen, München 1837.
62 WESTENRIEDER (wie Anm. 8), 152f.
63 Wie Anm. 10.
64 JOHNEN (wie Anm. 9), 310ff. (Kat. Nr. 37, 38, 44, 45, 54, 55, 60, 61, 63, 64, 72, 73).
65 Vgl. hierzu JOHNEN (wie Anm. 9), 297, 308f. – G. WOECKEL, Drei unbekannte Holzbildwerke von Roman Anton Boos und ein neuentdecktes Bildnis des Künstlers, in: Pantheon, 23, 1965, 100ff., bes. 102. – B. VOLK-KNÜTTEL, Wandteppiche für den Münchener Hof nach Entwürfen von Peter Candid. Forschungshefte des Bayerischen Nationalmuseums, 2, München/Berlin 1976, 87. – VOLK (wie Anm. 17), 27, 154.
66 Zitiert nach G. IMHOF, Der Schleißheimer Schloßgarten des Kurfürsten Max Emanuel, München 1979 (= Neue Schriftenreihe d. Stadtarchivs München Bd. 82), 34.
67 J. SCHMID, Triumphierendes Wunder-Gebäude der churfürstlichen Residentz zu München, München 1685; zitiert nach IMHOF (wie Anm. 66), 35.
68 WOECKEL (wie Anm. 65), 102f.
69 VOLK (wie Anm. 17), 27.

70 Westenrieder (wie Anm. 8), 146f.

71 Volk (wie Anm. 17), 130.

72 Johnen (wie Anm. 9), 316 (Kat. Nr. 11).

73 Kat. Ausst. ,,Wittelsbach und Bayern'', Bd. III/2, Krone und Verfassung, München 1980, 8f., Abb. 8.

74 E. Baum, Katalog des Österreichischen Barockmuseums, Unteres Belvedere Wien, Bd. 1, Wien/München 1980, 381f., Abb. 224.

75 Bei der Regotisierung der Münchener Frauenkirche wurden Günthers Marienreliefs vom Chorgestühl entfernt. Zwölf von ihnen wurden am Sakramentsaltar von Joseph Knabl wiederverwendet. Sie sind heute in der Schutzmantelkapelle im Scheitel des Chorumgangs zu besichtigen. Das einzige signierte Relief, der Marientod, kam in das Bayerische Nationalmuseum. Vgl. Woeckel (wie Anm. 20), 466-472. Volk (wie Anm. 17), 120, 169.

76 J. Sighart, Die Frauenkirche zu München, Landshut 1853, 139f.

77 Vgl. hierzu P. Volk, Rokokoplastik in Altbayern, Bayrisch-Schwaben und im Allgäu, München 1981, 36.

78 Westenrieder (wie Anm. 8), 148.

79 Johnen (wie Anm. 9), 311, Abb. 20.

80 Vgl. hierzu W. Messerer, Kinder ohne Alter. Putten in der Kunst der Barockzeit, Regensburg 1962.

81 Westenrieder (wie Anm. 39), 422f. Über die beteiligten Künstler vgl. Johnen (wie Anm. 9), 310 (Kat. Nr. 26). Speziell zum unteren Choraltar vgl. H. Stierhof, Zur ursprünglichen Gestalt des Choraltars der Johann-v.-Nepomuk-Kirche in München, in: Das Münster, 23. Jg., Heft 5/6, 1970, 379-381.

82 J. Erichsen, Neue Prinzipien für die Denkmalpflege? Zur Umgestaltung der Choraltäre in der Münchner Asamkirche, in: Kunstchronik, 36. Jg., Heft 4, 1983, 168f.

83 Zur Entstehungsgeschichte des Ettaler Hochaltars im 18. Jahrhundert vgl. P. Laurentius Koch OSB, in: Ettaler Mandl, Jg. 55/28, 1976, 29-73, besonders 61-63, 68-73. Ders., Ettal (Großer Kunstführer Bd. 3), München/Zürich 1980.

84 Koch, Ettaler Mandl (wie Anm. 83), 69.

85 Ebd., 71.

86a Woeckel (wie Anm. 65), 97ff. Zu Woeckels Zuschreibung an Boos eines im Zweiten Weltkrieg verbrannten Merkur (ehem. Berlin) vgl. ebd. 103.

86b Die Büste befindet sich heute im Bayerischen Nationalmuseum München. Vgl. hierzu M. Pötzl-Maliková (F. X. Messerschmidt, Wien/München 1982, 233ff.), die Boos auch die Gestaltung des Straub-Grabes im Südlichen Friedhof zuschreibt.

87 Vgl. hierzu St. Röttgen, Der Südliche Friedhof in München, in: Kat. Ausst. ,,Die letzte Reise'', Münchner Stadtmuseum, München 1984, 285.

88 Vgl. hierzu P. Steiner, Johann Baptist Straub, München/Zürich 1974, 54f.

89 Volk (wie Anm. 17), 132.

90 H. Bauer, Kunstanschauung und Kunstpflege in Bayern von Karl Theodor bis Ludwig I., in: Kat. Ausst. ,,Wittelsbach und Bayern'', Bd. 3/1, München/Zürich 1980, 345.

91 Über F. J. Schwanthaler vgl. A. Huber, Franz Jakob Schwanthaler, 1760-1820, München 1973. Ders., in: Kat. Ausst., Die Bildhauerfamilie Schwanthaler 1633-1848. Augustinerchorherrenstift Reichersberg am Inn, Linz 1974, 225-236.

Werkverzeichnis

(Auswahl)

1766, 1797 Arbeiten für das ehemalige *Zisterzienserkloster Fürstenfeld:*

a) Ludwig der Strenge, Ludwig der Bayer, 1766; Klosterkirche. Holz, weiß und gold gefaßt; H.: ca. 375 cm.

b) Putto mit Delphin, Brunnenfigur, 1766; ehem. Klostergarten. Salzburger Marmor; H.: ca. 120 cm.

c) Denkmal für Kaiser Ludwig den Bayern, 1797; Puch an der Straße nach Fürstenfeld: Obelisk mit Bildnisrelief des Kaisers und bayer. Wappen. Ettaler Marmor.

Lit.: JOHNEN (wie Anm. 9), 292f., 305 (Kat. Nr. 1, 2, 3), 314 (Kat. Nr. 71), mit älterer Lit.-Liste; H. LINDEMANN (Hrsg.), 700 Jahre Fürstenfeld (Großer Kunstführer Nr. 39), München-Zürich 1963; Baudenkmäler in Bayern, Bd. 12, Landkreis Fürstenfeldbruck, hrsg. v. Bayer. Landesamt für Denkmalpflege, München 1978, 46ff., 76; G. DUBBERT, Die Verehrung der Stifterfamilie, dargestellt am Beispiel des wittelsbachischen Hausklosters Fürstenfeld, Magisterarbeit (Masch.Schr.) Uni. München 1984.

1767/68 Dekoration der Fassade der *Theatiner-Hofkirche St. Kajetan in München:*

a) 4 Nischenstatuen: St. Kajetan, St. Maximilian, Erdgeschoß; St. Adelheid, St. Ferdinand, Obergeschoß; in Anlehnung an Entwürfe von Ignaz Günther, Kehlheimer Stein; H.: ca. 350 cm. Zu Maximilian Terrakotta-Modell im Bayerischen Nationalmuseum (BNM), Inv. Nr. Ker 393; H.: 37,3 cm.

b) 12 dekorative Reliefs; Stuck, gelb übertüncht. Zu den beiden Tondi mit den Halbfiguren der Apostel Petrus und Paulus über den Seitenportalen Terrakotta-Modelle von Boos im BNM, Inv. Nr. R 7770 bzw. R 7771.

c) Bayerisch-Sächsisches Allianzwappen mit Fama und 2 Engeln. Kehlheimer Stein; Maße: ca. 380 x 550 cm.

d) 8 große Vasen mit jeweils 4 Puttenköpfen und 2 kleinere Vasen unter dem Wappen. Kehlheimer Stein; H.: ca. 230 bzw. 150 cm.

Lit.: JOHNEN (wie Anm. 9), 294, 305f. (Kat. Nr. 5); WOECKEL (wie Anm. 20), 507ff.; VOLK (wie Anm. 17), 111ff., 167f.

1770 *Johann Nepomuk, München,* ehem. Brunnenfigur vor dem Jesuitenkolleg, später versetzt auf den Mariahilfsplatz, München-Au. Salzburger Marmor, buntgefaßt. Zerstört. Lit.: Augsburger Kunstzeitung (wie Anm. 1b), 1770, 181; JOHNEN (wie Anm. 9), 294, 306f. (Kat. Nr. 7); WOECKEL (wie Anm. 24a), 22.

1771/72 4 mythologische Gruppen und ein Flußgott, *Schleißheim, Schloßgarten.* Zerstört. Eichenholz.

Lit.: Augsburger Kunstzeitung (wie Anm. 1b), 1771, 284ff., 1772, 207; JOHNEN (wie Anm. 9), 315f. (Kat. Nr. 1-5).

1775 Portraitbüsten des Kurfürsten *Max III. Joseph von Bayern*:

a) BNM. Blei, vergoldet, Sockel aus Marmor; Inv. Nr. R 5383; H. mit Sockel: 41 cm, ohne Sockel: 26 cm. Signatur am Sockel: Romanus Boos fecit ao. 1775.

b) Residenz München, um 1775. Blei, vergoldet; H.: ca. 70 cm. Zerstört. Replik im Germanischen Nationalmuseum Nürnberg. Blei, vergoldet, Holzsockel; Inv. Nr. Pl. O. 2800; H. mit Sockel: 43,5 cm, ohne Sockel: 31 cm.

Lit.: JOHNEN (wie Anm. 9), 307 (Kat. Nr. 9, 12); VOLK (wie Anm. 17), 132, 171; Kat. Ausst. „Wittelsbach und Bayern“, Bd. III/2, München - Zürich 1980, 8, Abb. 8.

1775–98 Arbeiten für den *Nymphenburger Schloßgarten*:

a) 9 Götterstatuen. Sterzinger Marmor; H.: ca. 240 cm, Sockelh.: 160–180 cm. Amphitrite, 1775; ehem. im Parterre, jetzt an der großen Kaskade.
Mars, Pallas, um 1777; ehem. im Parterre, jetzt an der großen Kaskade. Zu Pallas Tonmodell im German. Nationalmuseum Nürnberg, Inv. Nr. Pl 2502; H.: 44 cm. Ein weiteres Tonmodell zu Pallas in Augsburg, Maximilianmuseum, Slg. Röhrer, Inv. Nr. 3; H.: 65 cm, spätere, nach der Statue ausgeführte Studie. Zum Mars Tonmodell in Berlin, Staatl. Museen Preuß. Kulturbesitz, Skulpturengalerie, Inv. Nr. 7759.
Merkur, Venus, 1778; Parterre.
Bacchus, Ceres, 1782; Parterre. Zu Bacchus 2 Modelle in Augsburg, Maximilianmuseum, Slg. Röhrer, Inv. Nr. 4. Ton; H.: 57 cm, der Statue vorausgehendes Modell. Endgültiges Modell, Slg. Röhrer Inv. Nr. 2. Holz, ursprünglich bronziert; H.: 58 cm. Zu Ceres ursprünglich bronziertes Holzmodell in Augsburg, Maximilianmuseum, Slg. Röhrer, Inv. Nr. 1; H.: 57 cm.
Apollo, Diana, 1785; Parterre. Figuren dieser beiden Götter hatte Boos 1783 auch für das Treppenhaus von Schloß Haimhausen geschaffen. Holz, grau gefaßt; H.: ca. 200 cm. Signatur auf der Leier des Apollo: R. A. Boos; und auf dem Köcher der Diana: R. A. Boos 1783. Auf dem Halsband des Windspiels: S.G.V.H. (Monogramm des Auftraggebers Sigismund Graf von Haimhausen).

b) 12 Vasen mit Relieffriesen, 1788–98; Parterre. Sterzinger Marmor; H.: ca. 230 cm.

c) Dekorative Arbeiten für die neuen Freitreppen an der Front- und Gartenseite des Schlosses, 1775, Kehlheimer Stein. 2 Löwen mit dem bayer. Wappen; H.: 155 cm. 8 Vasen; H.: 155 bzw. 175 cm.

Lit.: JOHNEN (wie Anm. 9), 307 ff.; VOLK, Münch. Jb. (wie Anm. 42a), 227 ff.; U. SCHEDLER, Die Statuenzyklen in den Schloßgärten von Schönbrunn und Nymphenburg. Antikenrezeption nach Stichvorlagen, Hildesheim 1985, Kap. 6–8.

1780 Kanzel der *Frauenkirche in München,* 1863 abgebrochen, Teile erhalten im BNM und Privatbesitz. Lindenholz, vergoldet.

a) Immaculata, bekrönende Statue des Schalldeckels; BNM, Inv. Nr. R 7120 L; H.: 216 cm.

b) 4 Rundbogenreliefs, ehem. um den 8eckigen Pfeiler zwischen Schalldeckel und Corpus; Maße: 120 x 60,5 cm: Sendung des Hl. Geistes; der Hauptmann von Kapernaum (nach Johnen ehem. Slg. Emanuel v. Seidl, Murnau); Heilung eines Blinden (1973 von Münchener Kunsthandel in unbekannten Privatbesitz übergegangen); das kanaanäische Weib, BNM, Inv. Nr. 54/32.

c) 3 Reliefs vom Kanzel-Corpus; BNM: Mannalese, Inv. Nr. R 7095; Maße: 65 x 71,5 cm. Predigt Johannes d. T., oben abgeschnitten, Inv. Nr. R 7094; Maße: 48,3 x 95 cm. Schlüsselübergabe an Petrus, Inv. Nr. R 7096; Maße: 65–67,5 x 114,5 cm.

Boos' Entwurfszeichnung aus dem Jahr 1778 verbrannte im Zweiten Weltkrieg. Eine Vorstellung der Kanzel gibt u. a. eine Bleistiftzeichnung aus dem Jahr 1860 im BNM, Inv. Nr. NN 3363.

Lit.: JOHNEN (wie Anm. 9), 286 f., 294., 308 (Kat. Nr. 17); VOLK (wie Anm. 17), 121 f., 169 f.

um 1780 Kruzifixus; *Wallfahrtskirche Maria Brünnlein in Wemding.* Holz, gefaßt, überlebensgroß.

Lit.: JOHNEN (wie Anm. 9), 308 (Kat. Nr. 18).

Vulkan: BNM. Inv. Nr. 20/32. Terrakotta; H.: ca. 51 cm.

Lit.: JOHNEN (wie Anm. 9), 309 (Kat. Nr. 21); VOLK (wie Anm. 17), 27, 154.

1781 Taten des Herkules, 1781; ehem. in den nördlichen *Hofgartenarkaden,* heute im Treppenhaus des Königsbaus der Residenz in München. Eichenholz, weiß gefaßt bzw. bronziert; H.: ca. 250 cm.

Herkules tötet den nemeischen Löwen. Tonmodell ehem. in Bamberger Privatbesitz; H.: ca. 70 cm.

Herkules im Kampf gegen den Riesen Antäus. Tonmodell ehem. in Bamberger Privatbesitz; H.: ca. 70 cm; vgl. hierzu auch die Zuschreibung von WOECKEL (wie Anm. 65, 100ff.) eines Lindenholzbozzettos gleichen Themas an Boos in Münchener Privatbesitz (H.: 20,8 cm). Zu diesem Bozzetto existiert eine zweite, fast identische Ausführung aus Buchsbaum in Züricher Privatbesitz (nach frdl. Mitteilung von G. Woeckel).

Herkules bändigt den dreiköpfigen Höllenhund Cerberus, aufbewahrt im Schloß Dachau (nach frdl. Mitteilung von L. Seelig). Tonmodell im BNM, Inv. Nr. 20/30, H.: ca. 63 cm.

Herkules trägt mit Atlas das Himmelsgewölbe. Tonmodell im BNM, Inv. Nr. 20/28; H.: 69 cm.

Herkules erschießt die stymphalischen Raubvögel.

Herkules zähmt den erymanthischen Eber. Tonmodell im BNM, Inv. Nr. 20/29; H.: ca. 73 cm.

Herkules tötet die siebenköpfige lernaeische Hydra, verschollen. Tonmodell im BNM, Inv. Nr. 20/31; H.: ca. 76 cm.

Herkules im Kampf gegen den Kentaur. Tonmodell ehem. in Bamberger Privatbesitz; H.: ca. 70 cm.

Lit.: JOHNEN (wie Anm. 9), 309 (Kat. Nr. 21); WOECKEL (wie Anm. 65), 100ff.; VOLK (wie Anm. 17), 27, 154.

1783 Arbeiten am unteren Choraltar in der *St.-Johann-Nepomuk-Kirche in München*. Holz, versilbert.

a) 2 leuchterhaltende Putten; H.: ca. 80 cm.

b) Strahlenkranz mit Engelsköpfen und Wolken. Im Zuge der von 1975–83 durchgeführten Restaurierung der Kirche unter der Leitung von E. Schleich erhebliche Verkleinerung des Strahlenkranzes.

Lit.: WESTENRIEDER (wie Anm. 39), 422f.; schreibt Boos auch ‚die Zeichnung' zu diesem Altar zu. JOHNEN (wie Anm. 9), 310 (Kat. Nr. 26); N. LIEB/W.-CH. VON DER MÜLBE, St. Johann Nepomuk – die Asamkirche in München (Großer Kunstführer Nr. 100), München-Zürich 1983, mit ausführlicher Lit.-Liste.

1783 Kruzifixus; Hochaltar der *Pfarrkirche von Miesbach*. Holz, gefaßt, überlebensgroß.

Lit.: JOHNEN (wie Anm. 9), 310 (Kat. Nr. 29).

1783/84 Arbeiten für den *ehem. Hofbibliotheksaal in München* nach Entwürfen von Augustin Egell. Holz, weiß gefaßt. Zerstört.

a) Medaillon mit dem Portrait Karl Theodors, das 2 geflügelte Genien an den Seiten mit einem Lobeerkranz bekrönen.

b) Medaillon mit dem Monogramm Karl Theodors auf einem ausgespannten Löwenfell.

Lit.: P. VOLK, Der ehemalige Hofbibliotheksaal von 1783/84, in: München. Bayer. Akademie der Wissenschaften, philos.-histor. Klasse, Sitzungsberichte, Jg. 1974, Heft 9, 8, 11ff.

um 1787 Grabdenkmal des Grafen Joseph Franz von Seinsheim, gest. 1787; *Sünching, Pfarrkirche*. Marmor, das Wappen aus Sandstein; H.: ca. 450 cm.

Lit.: JOHNEN (wie Anm. 9), 310 (Kat. Nr. 36).

1788, 1790 Reliefs für die *Benediktinerklosterkirche Ettal*:

a) 10 Reliefs mit Darstellungen der Marienfeste des Kirchenjahres, 1788; am Hochaltar. Blei, vergoldet; H.: 120 cm: Immaculata; Mariä Geburt; Mariä Opferung; Verkündigung; Vermählung; Heimsuchung (sign.: 1788); Christi Geburt; Mariä Reinigung (sign.: Roman Anton Boos. Monachi 1788); Flucht nach Ägypten; Mariä Tod.

b) 4 Reliefs aus dem Leben Christi, 1790; an der Chorwand. Holz, vergoldet; Maße: 250 x 150 cm: Taufe Christi (sign.: R.A.B.); Verklärung Christi auf dem Berg Tabor (sign.: R.A.B.); Kreuzigung (sign.: Roman Anton Boos. Monachi 1790); Auferstehung (sign.: R.A.B.).

Lit.: JOHNEN (wie Anm. 9), 302, 310f. (Kat. Nr. 39, 46); KOCH (wie Anm. 83), 68ff.

1789 Arbeiten für die *ehem. Benediktinerklosterkirche Benediktbeuern*:

a) 3 Puttenpaare mit den Symbolen der drei göttlichen Tugenden Glaube, Liebe und Hoffnung; am Hochaltar. Holz, weiß gefaßt, die Wolken vergoldet; H.: ca. 90 cm.

b) Liegefigur des hl. Franz Xaver; am Leonhardsaltar. Stein, erneuerte Fassung.

Lit.: JOHNEN (wie Anm. 9), 311 (Kat. Nr. 42, 43); K. MINDERA, Benediktbeuern (Gr. Führer Nr. 23), München-Zürich[3] 1970; L. WEBER, Benediktbeuern (KKF Nr. 34), München-Zürich[7] 1984.

um 1790 Selbstbildnis; BNM, ehem. am Grabmal von Boos auf dem alten Südl. Friedhof in München. Weißer Marmor; H.: 70 cm; Inschrift auf dem Sockel: VIVITUR INGENIO.

Lit.: JOHNEN (wie Anm. 9), 304, 310 (Kat. Nr. 28); VOLK (wie Anm. 17), 132, 172 (mit weiteren Lit.-Hinweisen).

1791 Arbeiten für die *Pfarrkirche in Hörgertshausen* (Lkr. Freising):

a) Kruzifixus, einbezogen in eine von Christian Wink gemalte Kreuzigung mit Maria, Johannes und Magdalena. Holz, erneuerte Fassung; H.: 150 cm.

b) Arbeiten für die Kanzel. Putto mit den 10 Geboten auf dem Schalldeckel. Holz, erneuerte Fassung; H.: ca. 80 cm. 3 Reliefs am Kanzelcorpus. Holz, vergoldet. Der barmherzige Samariter; Schlüsselübergabe an Petrus; Jesus und das kanaanäische Weib; Maße: ca. 53 x 39 bzw. 53 x 55 cm.

Lit.: JOHNEN (wie Anm. 9), 302, 311 (Kat. Nr. 50, 51).

1791 Reliefportrait des Kurfürsten Karl Theodor mit Inschrift: *Reichenhall, Saline.* Marmor, Bronze (Kranz); H. des Reliefs: 75 cm. Sign. auf dem Armabschnitt: Roman Anton Boos fecit Monachii. Lit.: JOHNEN (wie Anm. 9), 312 (Kat. Nr. 53).

1793 Denkmal der kurpfalzbairischen Edelknaben; *alter Südl. Friedhof München,* östl. Mauer. Marmor; Gesamth.: ca. 330 cm.

Lit.: JOHNEN (wie Anm. 9), 312f. (Kat. Nr. 56).

1794 Grabdenkmäler für den Geh. Kanzler und Reichsfreiherrn Aloys von Kreitmayr und seine Gemahlin; *Offenstetten, Pfarrkirche.* Figuren und Urnen aus vergoldetem Blei; H.: 270 cm, Büsten ca. 80 cm, Genius/Trauernde ca. 170 cm. Sign. auf der Basis der Trauernden: Opus Romani Antonii Boos statuarii aulici Monacensis. Erecta anno 1774; auf der Basis des Genius: s. S. 7.

Lit.: JOHNEN (wie Anm. 9), 303, 313f. (Kat. Nr. 58, 59); WOECKEL (wie Anm. 39), 103.

1795 Grabmal für Carl Wilhelm Stanislaus Graf zu Daun; *München, Peterskirche,* Katharinenkapelle. Medaillon aus Blei, Vergoldung erneuert; H. d. Medaillon: 75 cm.

Lit.: JOHNEN (wie Anm. 9), 303f., 314 (Kat. Nr. 62).

1796 4 Evangelistenfiguren; *Altötting Stiftskirche,* an den Seitenaltären außerhalb des Chores, rechts Markus und Johannes, links Lukas und Matthäus. Lindenholz, erneuerte Fassung; H.: ca. 180 cm.

Lit.: JOHNEN (wie Anm. 9), 303, 314 (Kat. Nr. 65–68).

um 1800 Grabmal der Familie von Gumppenberg; *München, alter Südl. Friedhof,* östl. Mauer. Sandstein; H. der Trauernden: ca. 135 cm, des Puto: ca. 100 cm.

Lit.: JOHNEN (wie Anm. 9), 314 (Kat. Nr. 75).

1801 Grabmal des Brauers Joseph Schmetterer; *Dachau, Pfarrkirche.* Büste aus Marmor; H. der Büste: 67 cm. Lit.: JOHNEN (wie Anm. 9), 304, 315 (Kat. Nr. 77).

Literatur

ALCKENS August, Die Plastik im Schloßpark von Nymphenburg, Augsburg 1938.

ANGERER Birgit, Die Münchner Kunstakademie zwischen Aufklärung und Romantik, München 1984 (= Neue Schriftenreihe d. Stadtarchivs München Bd. 123).

BASSERMANN-JORDAN E., Dominicus Auliczek. Sein Leben und seine Kunst, Sonderdruck aus den Monatsberichten f. Kunstwissenschaft und Kunsthandel, hrsg. v. H. Helbing, München 1900.

Baudenkmäler in Bayern Bd. 12, Landkreis Fürstenfeldbruck hrsg. v. Bayer. Landesamt für Denkmalpflege, München 1978.

BAUM Elfriede, Katalog des Österreichischen Barockmuseums, Unteres Belvedere Wien Bd. 1, Wien-München 1980.

Bericht über die Neuerwerbungen des Bayerischen Nationalmuseums München im ersten Halbjahr 1909, in: Münch. Jb. d. bild. Kunst 4, 1909, 204-209.

Bericht des Bayerischen Nationalmuseums München für 1920-23, in: Münch. Jb. d. bild. Kunst, N. F. 3, 1926, 371-392.

BEZOLD G. v./RIEHL B./HAGER G., Die Kunstdenkmale des Regierungsbezirkes Oberbayern, 2 (Die Kunstdenkmale des Königreiches Bayern 1, 2), München 1902.

BRANDL Rosemaria, Anton Sturm (1690-1757). Ein Beitrag zur Geschichte der süddeutschen Spätbarockplastik, ungedr. Diss. München 1959.

BRINCKMANN A. E., Barockskulptur (Handb. d. Kunstwiss.), Berlin-Neuabelsberg 1917.

- Barock-Bozzetti Bd. 4, Frankfurt a. M. 1925.

BUSHART Bruno, Augsburg und die Wende der deutschen Kunst um 1750, in: Amici Amico, Festschrift f. Werner Gross, hrsg. v. K. Badt u. M. Gosebruch, München 1968.

DERNJAČ Josef, Zur Geschichte von Schönbrunn, Wien 1885.

DUBBERT Gabriele, Die Verehrung der Stifterfamilie, dargestellt am Beispiel des wittelsbachischen Hausklosters Fürstenfeld, ungedr. Magisterarbeit München 1984.

DUSSLER Hildebrand, Roman Anton Boos, in: Lebensbilder aus dem Bayer. Schwaben 8, 1961.

ERICHSEN Johannes, Neue Prinzipien für die Denkmalpflege? Zur Umgestaltung der Choraltäre in der Münchner Asamkirche, in: Kunstchronik 36, 4, 1983, 162-170.

FEULNER Adolf, Münchner Plastik des späten Rokoko, in: Festschrift des Münchner Altertumsvereins, München 1914.

- Münchner Barockskulptur, München 1922.
- Bayerisches Rokoko, München 1923.
- Skulptur und Malerei des 18. Jahrhunderts in Deutschland (Handb. d. Kunstwiss.), Wildpark-Potsdam 1929.
- Ignaz Günther, der große Bildhauer des bayerischen Rokoko, München 1947.
- /MÜLLER Theodor, Geschichte der deutschen Plastik, München 1953.

FISCHER Johann Martin, Erklärung der anatomischen Statue für Künstler, Wien 1804.

- Darstellung des Knochenbaues von dem menschlichen Körper mit der Angabe der Verhältnisse derselben, Wien 1806.

FRANCASTEL P., La sculpture de Versailles, Paris 1930.

FRANSOLET Mariette, François du Quesnoy. Sculpteur d'Urbain, Brüssel 1942.

FRIMMEL Theodor v., Johann M. Fischers Muskelmann, in: Studien und Skizzen zur Gemäldekunde 2, Wien 1913.

Führer G., Chronik von Fürstenfeld, Staatsbibliothek München Cod. Bavar. 380, Cod. Germ. 3920.
Giedion-Welcker C., Bayerische Rokokoplastik – J. B. Straub und seine Stellung in Landschaft und Zeit, München 1922.
Grassl H, Aufbruch zur Romantik. Bayerns Beitrag zur deutschen Geistesgeschichte. 1765–1785, München 1968.
Hager Luisa, Nymphenburg. Schloß, Park und Burgen, München 1955.
Hajós G., Schönbrunn, Wien–Hamburg 1976.
Hauttmann Max, Münchens Kunstleben im 18. Jahrhundert. Mschr. im Kunsthistorischen Institut der Universität München, Sign. Nr. 1926/27, München 1909/10.
Hederer Oswald, Klassizismus, München 1976.
Hederich B., Gründliches mythologisches Lexikon. . ., Leipzig 1724, Neudruck Darmstadt 1970.
Hoffmann Richard, Das Marienmünster zu Ettal im Wandel der Jahrhunderte, Augsburg 1927.
Hofmann F. H., Über die Ausstellung „Malerei und Plastik des 18. Jahrhunderts in Bayern und Grenzlanden“, in: Münch. Jb. d. bild. Kunst 8, 1913.
Horn Adam, Die Kunstdenkmäler von Bayern, Schwaben III. Landkreis Donauwörth, München 1951.
Huber Andreas, Franz Jakob Schwanthaler, 1760–1820, München 1973.
Imhof Gabriele, Der Schleißheimer Schloßgarten des Kurfürsten Max Emanuel, München 1979 (= Neue Schriftenreihe d. Stadtarchivs München Bd. 82).
Johnen Ruth, Roman Anton Boos, Kurfürstlicher Hofbildhauer zu München 1733–1810, ungedr. Diss. München 1936, gekürzte Fassung in: Münch. Jb. d. bild. Kunst N. F. 12, 1937/38, 281–320.
Justi Carl, Winckelmann und seine Zeitgenossen, Leipzig[3] 1923.
Kat. Ausst. „Malerei und Plastik des 18. Jahrhunderts in Bayern und Grenzlanden“, München 1913.
Kat. Ausst. „Ignaz Günther“, Bayerisches Nationalmuseum München 1951.
Kat. Ausst. „Europäisches Rokoko. Kunst und Kultur des 18. Jahrhunderts“, München 1958.
Kat. Ausst. „Bildwerke der christlichen Epochen von der Spätantike bis zum Klassizismus. Aus den Beständen der Skulpturenabteilung der Staatl. Museen Preuß. Kulturbesitz, Berlin-Dahlem“, München 1966.
Kat. Ausst. „Die Bildhauerfamilie Schwanthaler 1633–1848“, Augustinerchorherrenstift Reichersberg am Inn, Linz 1974.
Kat. Ausst. „Giambologna 1529–1608. Ein Wendepunkt der europäischen Plastik“, Kunsthistorisches Museum, Wien 1978.
Kat. Ausst. „Wittelsbach und Bayern“, Bd. 3/1, 3/2, Völkerkundemuseum München, München–Zürich 1980.
Kat. Ausst. „Die letzte Reise“, Münchner Stadtmuseum 1984.
Koch Laurentius OSB, Der Ettaler Hochaltar, in: Ettaler Mandl 55/28, 1976.
– Ettal, München-Zürich 1980 (= Großer Kunstführer Bd. 3).
Köferler Peter, Maria Brünnlein zum Trost, Wemding 1954.
Kunst und Kunsthandwerk. Meisterwerke im Bayerischen Nationalmuseum München. Festschrift zum hundertjährigen Bestehen des Museums, 1855–1955, München 1955.
Kunstzeitung der Kayserlichen Academie zu Augsburg, 1770–1772.
Ladendorf H., Antikenstudium und Antikenkopie, Berlin[2] 1958.
Larsson L. O., Adrian de Vries, Wien–München 1967.
Lieb Norbert, München. Die Geschichte seiner Kunst, München 1971.
– /Mülbe von der, W.-Chr., St. Johann Nepomuk – die Asamkirche in München, München–Zürich 1983 (= Großer Kunstführer Nr. 100).
Liedke Volker, Das Meisterbuch der Münchner Zunft der Maler, Bildhauer, Seidensticker und Glaser (1566–1825), in: Ars Bavarica 10, 1978, 21–53.
Lindemann Hans, 700 Jahre Fürstenfeld, München–Zürich 1963 (= Großer Kunstführer Bd. 39).

LOERS Veit, Rokokoplastik und Dekorationssysteme, Aspekte der süddeutschen Kunst und des ästhetischen Bewußtseins im 18. Jahrhundert, München-Zürich 1976.
MEMMESHEIMER P. A., Das klassizistische Grabmal. Eine Typologie, Diss. Bonn 1969.
MESSERER R. (Hrsg.), Briefe an den Geh. Rat Johann Caspar von Lippert in den Jahren 1758-1800, in: Obb. Archiv 96, 1972.
MESSERER W., Kinder ohne Alter. Putten in der Barockzeit, Regensburg 1962.
MITTIG H. E., Zu den süddeutschen Schiffskanzeln, in: Alte und moderne Kunst 101, 1963, 19-26.
MINDERA Karl, Benediktbeuern, München-Zürich[3] 1970 (= Großer Kunstführer Nr. 23).
MITTERWIESER A., Marmor im Nymphenburger Schloßpark, in: Die Propyläen, Beilage zur Münchner Zeitung, 34, 9. 10. 1936.
MONTFAUCON B., Antiquité expliquée et représentée en figures, Tom. 1-5, Paris 1719.
- Supplément au livre de l'Antiquité expliquée et représentée en figures, Paris 1757.
NAVA Cellini A., Francesco Duquesnoy, Mailand 1968.
PECHT Fr., Geschichte der Münchener Kunst im 19. Jahrhundert, München 1888.
PEVSNER Nikolaus, Academies of Art in Past and Present (1940), Neudruck New York 1973.
POCH-KALOUS M., Johann Martin Fischer. Wiens Repräsentant des Josefinismus, Wien 1948.
- Wiener Plastik im 19. Jahrhundert, in: Geschichte der Stadt Wien, Neue Reihe Bd. 7/1, Wien 1970.
PÖTZL-MALIKOVÁ M., Franz Xaver Messerschmidt, Wien-München 1982.
RITTERSHAUSEN J. S. v., Die vornehmsten Merkwürdigkeiten der Residenzstadt München für Liebhaber der bildenden Künste, München 1788.
ROTENSTEIN G. Edler v., Reise nach Bayern im Jahr 1781, 2. Abschnitt, in: Johann Bernoulli's Archiv zur neuern Geschichte, Geographie, Natur- und Menschenkenntnis 3. Teil, Leipzig 1786, 233 ff.
SANDRART Joachim v., Teutsche Academie der Bau- Bild- und Mahlerei-Künste . . ., Teil 1, Nürnberg 1675 . . ., Teil 2, Nürnberg 1679.
SCHEDLER Uta, Die Statuenzyklen in den Schloßgärten von Schönbrunn und Nymphenburg. Antikenrezeption nach Stichvorlagen, Hildesheim 1985.
SCHMID Elmar D., Nymphenburg, München 1979.
SCHOENBERGER A., Ignaz Günther, München 1954.
SCHWINN Chr., Die Bedeutung des Torso vom Belvedere für Theorie und Praxis der bildenden Kunst vom 16. Jahrhundert bis Winckelmann (= Europ. Hochschulschriften, Reihe XXVIII, Bd. 1), Bern-Frankfurt a. M. 1973.
SCKELL Karl A., Das Lustschloß Nymphenburg und seine Gartenanlagen, München 1837.
SIGHART Joachim, Die Frauenkirche zu München, Landshut 1853.
STEINER Peter, Johann Baptist Straub, München-Zürich 1974.
STIELER E. v., Die königliche Akademie der bildenden Künste zu München. Festschrift zur Hundertjahrfeier, München 1909.
STIERHOF Horst, Zur ursprünglichen Gestalt des Choraltars der Johann-v.-Nepomuk-Kirche in München, in: Das Münster 23, 1970, 379-381.
SULZER J. G., Allgemeine Theorie der Schönen Künste, Leipzig 1771-74.
THOMASSIN S., Recueil des Figures, Groupes, Thermes . . . de Versailles, Amsterdam 1695-1708.
TRAUTTMANN Karl, Ein Altmünchner Künstlerheim: das Roman-Boos-Haus an der Hundskugel, in: Altbayerische Monatsschrift, 1903/04.
VOLK Peter, Guillielmus de Grof (1676-1742). Studien zur Plastik am kurbayerischen Hof im 18. Jahrhundert, Diss. Frankfurt a. M. 1966.
- Zur Geschichte der Nymphenburger Gartenplastik 1716-1770, in: Münch. Jb. f. bild. Kunst 18, 1967, 211-240.
- Der ehemalige Hofbibliotheksaal von 1783/84 in München, in: Bayer. Akademie der Wissenschaften, philos.-histor. Klasse, Sitzungsberichte, 1974, Heft 9.

- Zur Entstehung der Statuenfolge antiker Götter im Nymphenburger Garten, in: Ars Bavarica 10, 1978, 63–68.
- Münchener Rokokoplastik, München 1980 (= Bayerisches Nationalmuseum Bildführer 7).
- Rokokoplastik in Altbayern, Bayrisch-Schwaben und im Allgäu, München 1981.
- Johann Baptist Straub, München 1984.

VOLK-KNÜTTEL B., Wandteppiche für den Münchener Hof nach Entwürfen von Peter Candid, München–Berlin 1976 (= Forschungshefte des Bayerischen Nationalmuseums, 2).

WEBER Leo, Kloster Benediktbeuern. Gegenwart und Geschichte, Benediktbeuern 1981.
- Benediktbeuern, München–Zürich[7] 1984 (= Kleiner Kunstführer Nr. 34).

WEGLEITER I., Johann Baptist Hagenauer, ungedr. Diss. Wien 1952.

WESTENRIEDER Lorenz, Jahrbuch der Menschengeschichte in Bayern Bd. 1, Teil 1, München 1782.
- Beschreibung der Haupt- und Residenzstadt München, München 1782.
- Beyträge zur vaterländischen Historie, Geographie, Staatistik etc., Bd. 8, München 1808.

WINCKELMANN – Johann J., Gedanken über die Nachahmung der griechischen Werke in der Malerei und Bildhauerkunst (1755), hrsg. v. L. Uhlig, Stuttgart 1977.

WOECKEL Gerhard P., Studien zu Ignaz Günther, ungedr. Diss. München 1949.
- Die Brunnenanlagen vor dem Münchner Jesuitenkloster im Wandel der Jahrhunderte II, in: Alte und moderne Kunst 77, 1964, 20–23.
- Drei unbekannte Holzbildwerke von Roman Anton Boos und ein neuentdecktes Bildnis des Künstlers, in: Pantheon 23, 1965, 97–110.
- Beiträge zu dem höfischen Werk des Bildhauers Johann Baptist Straub, in: Alte und moderne Kunst 142/143, 1975, 29–39.
- Die Handzeichnungen des kurfürstlich bayerischen Hofbildhauers Franz Ignaz Günther 1725–1775, Weißenhorn i. Bayern 1975.
- Ignaz Günthers „Johannes von Nepomuk“ in Stuttgart und die Münchener Darstellungen des Heiligen im 18. Jahrhundert, in: Jb. d. Staatl. Kunstslgen in Baden-Württemberg 21, 1984, 57–96.

WOLF G. J., Das kurfürstliche München 1620–1800. Zeitgenössische Dokumente und Bilder, München 1930.

WÖRNER A., Heimatbuch Hörgertshausen, Hörgertshausen 1982.

Abbildungsnachweis

Robert Bauer, Altötting S. 95 – Bayer. Hauptstaatsarchiv, München S. 14, 37 – Bayer. Nationalmuseum, München S. 11, 13, 29, 30, 73, 79, 80, 82 r, 85, 86 m, 88, 96 – Anton J. Brandl, Ingolstadt S. 28 – Bayer. Verwaltung der staatlichen Schlösser, Gärten und Seen, München S. 43 r, 44, 46, 49, 50, 51, 53, 56 l, 57, 58, 64, 66, 67, 69, 70, 71, 72, 74 l, 75, 77, 78 l, Titelbild – Hubertus J. Eder, Gräfelfing S. 63 – Germanisches Nationalmuseum, Nürnberg S. 47 l, 82 l, 86 r – Wolf-Christian von der Mülbe, Dachau S. 18, 19, 23 – Foto Müller, Dietmannsried S. 91, 92 r, – Musée des Arts Décoratifs, Paris S. 43 l – Uta Schedler, München S. 92 l – Schlechter, München S. 38, 98 l – Foto Semmler, München S. 8 – Staatliche Graphische Sammlung, München S. 24, 25, 31 – Staatliche Museen Preußischer Kulturbesitz, Berlin S. 47 r, – Staatliche Skulpturensammlung, Dresden S. 26 – Städtische Kunstsammlungen, Augsburg S. 55, 56 r – Foto Thoma, Benediktbeuern S. 87 – Peter Volk, München S. 7, 22, 89, 98 r, 99 – Atelier Walter Wachter, Schaan S. 54 – Dr. Ruth Ziervogel-Taunn, München S. 33, 86 l – Verlag Schnell & Steiner (Gregor Peda, Passau) S. 17 – Archiv Schnell & Steiner (Lala Aufsberg) S. 16, 41